翡翠是一個遊樂場

序言

向海嵐

香港小姐冠軍、著名演員、
Legacy Lab 珠寶設計公司聯合創辦人

我慶幸教我鑑賞翡翠的人，是Serena。若不是她，我想，我不會愛上翡翠。

應該是因為她從小與翡翠為伴吧，她眼中的翡翠，是擁有生命，具有靈性，充滿故事的。有這份不一樣的眼光，她賞評翡翠的境界，當然是超越尋常俗見。

所以，她談論翡翠的玉質，像是淺析人的品格和修養。

她讓人認識翡翠的顏色時，是在讚嘆造物者的才情。

為你解釋翡翠上的紋理，似在輕談書法的精粹，而跟她學習欣賞翡翠雕刻的時候，你彷彿是在聽一首雕琢出來的詩歌。

亦因為她對翡翠有一股執愛，才能看到隱埋在翡翠裏，不為常人能察的情思。

故此亦只有她，在細説一件翡翠的際遇時，會令你同喜同悲；揭開翡翠的玄奇時，會讓你心馳神往；呢喃發生在翡翠上的情事時，會使你宛然感動……

跟這樣一個，對翡翠比興有情的人身上學習翡翠，怎會不心醉而生「愛」？

今日，我很高興得悉，Serena終於把在翡翠裏感悟到的思情和哲理，化作文字，寫成故事，散落在這本《翡翠是一個遊樂場》之中。

這部書，不是翡翠的教科書。因教科書裏頭，不會有 「愛」。這部篇章間充斥着「愛」的書，可説是 Serena和翡翠之間的情書。

而我相信，當你細細閱讀Serena情筆下的翡翠時，也定會如我當初聽她説翡翠一樣，在傾心痴慕之間，深深的愛上了翡翠。

如此，你也會更喜歡這部著作了。

何國鉦 Dorian Ho

著名時裝設計師

十幾年的友情歲月裏，此起彼落都是Serena「騎騎騎」的笑聲。而想要制止這枚爆開了的「笑彈」，就要跟她談翡翠了。

在其他事情上怎麼冒失烏龍「大頭蝦」也好，只要是關乎到「翡翠」的事，她即會「美『中』女轉身變」，變得專業嚴謹，誠懇認真」。

正如一個時裝設計師，上一刻還在談笑風生，下一刻拿起針線裁縫衣飾時，自會凝神屏氣、不苟言笑，生怕一針一線有差錯。

別人會稱之為「匠人精神」，我們只簡單叫它做「專業」，Serena正是一個「專業翡翠人」！

叫她「翡翠人」，是因為我沒法給她定一個title。 假如她單懂翡翠鑑賞，我可以稱呼她「翡翠鑑賞家」；如果是主攻設計，我會稱她「翡翠珠寶設計師」。

可是她在「翡翠」這個領域裏，由開採、切割、雕刻、鑲嵌、設計、賞鑑……等等不同範疇上，都有全面的認識、獨創的見解，我真不曉得甚麼樣的銜頭才可以概括啊！

再看她現在更以文字介紹「翡翠」，又多了一個「作家」身份……這位彷彿流着翡翠血液的女子，稱她是個「翡翠人」，雖不中，也不遠矣。

翻開這部書，當中少不了她搞怪的日常情節（她真敢100%寫出來！），但一提及翡翠，筆鋒立轉得清晰專業，這「輕鬆 > 專業」的切換，跟她平日真沒有兩樣，我翻閱本書時，總覺得她如在眼前。

雖然談到翡翠，Serena會仔細審慎，但她個性跳脱生鬼，解説翡翠的學術內容時，也穿插着不少趣味，讓人在會心微笑之中，汲取到實用的翡翠知識。

若你已準備好在這枚「笑彈」轟炸下認識「翡翠」，就快點打開這本《翡翠是一個遊樂場》，體驗一下甚麼是真正的「快樂學習」吧！

Dorian Ho

序言

陳剛

耀保投資有限公司主席

跟Serena相識超過十載了。

認識之初，已知她是個翡翠專家，身邊不少朋友遇到翡翠上的問題，多請教她的意見和分析。

我雖然不是翡翠的同道，但亦知翡翠近十年升值不少，頂級的往往以天價成交。所以在搜購翡翠的時候，有她這個專家提點，不獨在翡翠的知識上有所增長，對荷包也大有裨益。

而更讓我折服的，不止是她在翡翠上的淵博學問，還有是對收藏的獨特見解，令我深有所得。

她說「收藏」，必要「理性」和「感性」並存。不管收藏的是翡翠，還是其他珍玩，需要用「理性」的眼睛去賞析，若純因為「愛」而無視優劣，濫收濫藏的話，藏品水準參差之餘，也無法提升鑑賞能力。

同時間，又要用「感性」的心態，自在地面對「升值潛力」這想法。一心追求價值翻倍暴漲，好能待價而沽，除會沾上一身俗氣外，原來怡情的雅興也頓失。

我偶存了幾件翡翠小件，但不可説是「收藏」，反而學人附庸風雅，藏着好些粗品手錶、紅酒和油畫。所以，聽了她對「收藏」的闡述，思路豁然開竅，現在不獨藏品水準有所提高，在收藏時更多增一番樂趣。

當我知道她將會把刊載於《東周刊》的專欄集結成書時，實在感到欣喜。因為這部書，既可給我這類不諳翡翠精妙的人，了解更多翡翠的知識學問，也供各位愛玉之士，認識翡翠裏面，幽幽然散發出來的哲理明思。

誠如Serena的「收藏」心法，她的文章也是「理性」和「感性」兼具的。理性的，是文中解釋得深入淺出的翡翠知識；感性方面，則是描述翡翠作為信物時，那份比實際價值更珍貴的感情。

看書名「翡翠是一個遊樂場」，便知道這絕非一本沉悶乏味的翡翠學術著作，無論對翡翠有否感興趣，也能閱而賞之。我相信隨着作者的筆，遊走這個遊樂場的讀者們，必能感受到「翡翠」不一樣的趣味。

陳剛

黃庭桄

《東周刊》副社長

「石頭他朝成翡翠…」，金曲中的這一句，自小常記心坎裏。

每當夜涼如水，掛上不如意的愁緒，偶爾自斟自醉，其時也許會問句，難道自己猶如埋在爛石堆，找不到存在感的樂趣？我真的會是一塊曠世翡翠，能在萬綠叢中備受青睞？

幼稚園時媽媽送過我一粒玉墜，叮嚀即使沖涼也不要脱去，可保佑我平安歲歲。不識寶的我只想要玩具，還未懂得玉中妙趣。

歲月如逝水，經歷過悲苦興衰，曾經問天帶淚，爸媽何以這麼早便逝去？運程何以未見六旺只有三衰？何時會等到燈火闌珊處的那誰？木棉飛絮，黃葉踏碎，媽媽的玉墜，都跟我生死相隨。

這粒玉墜，相當奇趣，墨綠的色水，竟越戴越擴散開去，莫非是思念的憑據？

偶然認識了Serena這位翡翠界美女，口才吹得兩咀，在行頭出類拔萃。我跟她不時茶聚，討教怎樣分辨玉和翡翠？怎麼玉色會隨年月變化如許？令我對玉石的不少疑慮，都能一一抹去。

生活令人累，每天都在趕趕追追，偶爾歡笑臉上流淚，人生不就像是原石翡翠，不經雕琢打磨工序，又怎能成為靚玉之最？

我有幸受邀替她的處女著作寫序，竟讓我走進思憶的遊樂場裏，一些情一些翡翠，一段段歲月流轉的散聚，都教我相思如醉。

自序

來吧！
跟我一起入遊樂場玩啦！

「今宵剩把銀釭照，猶恐相逢是夢中」，宋代詞人晏幾道這句詞，足以形容我拿着這本《翡翠是一個遊樂場》，既真且幻的心情。

沒錯，我鍾情、醉心和迷戀「翡翠」，只要講到翡翠，我會滔滔不絕，停唔到口。但要用文字來寫嗎？我卻從來沒想過。

所以，當我在《東周刊》寫一個內容圍繞翡翠，名叫「玉裡心經」的專欄，還寫了差不多兩年，稿件足可以結集成書時，我仍然不敢相信。

小晏要提燈看清眼前人，生怕一切還是夢。我拿着這部書，也不禁揑了自己大髀兩下，讓「痛感」告訴我，這是真的。

夢境會沒頭沒尾，而現實，總會有一個過程，我為何會寫翡翠，是這樣的……

我生於一個翡翠家庭，爸爸是翡翠原料的批發商人。小時候，家裏不時存放了比我還要高、還要大的翡翠石料。

沒有甚麼曲折離奇、扣人心弦的劇情，與翡翠「青梅竹馬」，自然日久生情。因為喜歡翡翠，就隨着爸爸學習鑒辨玉質的優劣，欣賞雕工的精拙等心法。

長大後為了拓闊眼界，我報讀了「寶石鑑證課程」，了解一下其他寶石，看看我對翡翠的愛，究竟有多「海枯石爛」！

在課程中，見識了眾多寶石，明析了它們的優缺長短，還考獲了「寶石鑑證師」的資格，但我的心，還是被翡翠佔據。

有了「千帆過盡皆不是」的覺悟，我打從心底向翡翠呼喊：nothing gonna change my love for you！從此，有着我，便有着翡翠。

據説在「10,000小時」法則下，若

能持續鑽研一件事，累積一萬個小時後，就必定有所得。

而我嘛……因為少許的「心散」、丁點的「貪玩」和微量的「惰性」，花了比別人好幾倍的時間，才在「翡翠」上積累了「啲咁多」心得和想法。而一次機緣下，我有幸得到《東周刊》的訪問邀請，想我說說這些「小心得」。

訪問刊登後，有幸得到了《東周刊》副社長黃庭桄先生的青睞，問我可有興趣在《東周刊》上寫專欄，與讀者分享翡翠知識。

有機會和讀者交流翡翠的見聞，當然開心，但自覺文筆了了，徘徊在躍躍欲試和畏縮推辭之間，還是在他的鼓勵下，外加自己對翡翠1000%的愛，最終手震震拿起筆，開始試「寫」翡翠了。

如此這般，低下頭戰戰兢兢地寫，沒料到今天竟能結集成書。

你說我怎能不揑大髀，搞清楚是不是在做夢？

這部書作者一欄，雖然是印着我的名字，但若沒有翡翠陪我成長，沒有爸爸親自傳授析研翡翠的竅詣，沒有黃庭桄先生給與的寫作機會，沒有身邊好友的賜教指點……靠我一己之力，又如何能成就這本書的出版呢？

所以，我這一份重達三噸半的「感恩」之情，你們一定要收下，別想拒絕或轉贈啊！

至於書名「翡翠是一個遊樂場」，是我寫專欄以後，對翡翠的最新體悟。

專欄內容淺涉實際知識、業內見聞、欣賞心得，和一些人與翡翠的故事。

這一切源自翡翠的寫作題材，令我愈寫愈是覺得，自己恍若置身在一個遊樂場裏。

文中，寫業內一種叫「賭石」的買賣模式，其驚險緊張的過程，有如坐着攀升又俯衝的過山車；寫一位友人，在無意中以低價買到價值連城的翡翠，這奇蹟般的際遇，實在似用一枚代幣，砸中了彩虹圈的「特獎」。

還有一篇說到靠着眼光，尋得一件罕有翡翠後，如何令旁人羡慕不已，這難道不似憑藉實力，在遊樂場內的攤位遊戲，贏得一隻巨型毛公仔後，招來他人艷羨的目光一樣嗎？而相同的，還有主人翁沾沾自喜的心情啊！

遊樂場的興奮、緊張、刺激和喜悅，在賞玩或收藏翡翠的經驗中，都能切實感受得到。而深存在翡翠裏那些「愛情」、「親情」和「友情」的動人故事，也同樣會在遊樂場中上演。

我相信，只要你願意入場，這個翡翠遊樂場，一定會帶給你新奇好玩的樂趣；而當你找到和翡翠的靈犀，更加會如我一樣，玩到唔捨得走！

你問我要怎樣入場？你手上已拿着入場券了！還等甚麼？快啲入嚟玩啦！

Serena

CONTENTS

序言

自序

Chapter 1 翡常生活

Chapter 2 翠味人生

Chapter 3 翠點靈石

Chapter 1 翡常生活

讓翡翠成為你心中的摩天輪，在她溫柔的轉動中，
帶你欣賞平凡日子裏的動人風景。

SERENA PARK

巧出色

剛shopping完的闊太R，挽着大包小包的戰利品，來到我的工作室小歇。我無任歡迎之餘，亦趁機沖製朋友送的極品咖啡跟她分享。

「嘩！呢件嘢咁得意嘅？」我在茶水間以「陳豪模式」沖製咖啡時，R突然興奮喊問。這將我從茶水間引出，好奇甚麼令她如此雀躍。

但見R站在飾櫃前，用塗上白色甲油的手指，隔着玻璃，「篤」着裏面一件翡翠雕刻。

原來是我一件珍藏了十多年的翡翠「燒腩仔」雕件，看得R心花怒放，更叫嚷着要我取出來給她賞玩。

當她親手拿着反覆細賞，倍覺那赭紅透亮的皮，和白潤豐腴的肉幾可亂真，不由尖呼：「It's really cute！」

看見R賞得饒有趣味，我便順勢介紹這翡翠雕刻的特點——「巧色」給她認識。

天然翡翠不時會幾色相混，有綠微滲黃、有紫透混青、也有紅拼帶白等。當玉匠在這樣的翡翠上雕刻，就會思考如何運用顏色的獨特分佈，這種創作方法便是「巧色」了。

即如這件「燒腩仔」，原是一塊兼有紅白兩色的翡翠。

玉匠精準拿捏了她的天賦之色，將紅色部份雕琢成粗糙的燒豬皮，白色地方則刻作油滑的肥豬肉。

在「巧色」的前題下，配合開天奇思和精妙手藝，一件栩栩如真的「翡翠燒腩」便橫空誕生了。

由於翡翠顏色的形成和分佈是隨緣天成，「巧色」的翡翠雕刻，縱使玉匠有心，也絕難重複再造。

再以我這件珍藏為例，她紅白兩色的分佈，恰好是紅薄白厚，恍如真實燒腩的皮肉比例，相反若顏色是紅多白少，讓你勉強雕成燒腩，也失卻神髓。

由是可知，想複製「巧色」的翡翠雕刻，必要上天肯「恩賜」相同的翡翠。但千件翡翠千個樣，別說「相同」，要找「相似」也無異於大海撈針了。

「所以咁多年嚟，我都冇見過第二件……」我把「燒腩」放回飾櫃時説道。

這時闊太R的司機來電，説車子已到樓下，我禮貌地相送，直至她走進升降機方作別。

就在升降機門即將關上之際，R用她穿着銀色尖頭高跟鞋的腳霸氣一擋，升降機門即時往回彈開。

還以為她忘了甚麼，豈知她輕描淡寫地說：「頭先件『燒腩仔』，你幫我搵一件！」語畢，美腿一收，升降機門順滑合上，把R送下樓去了……

望着緊閉的軳門，我內心一陣納悶：剛才不是解説得清清楚楚，「巧色」的翡翠雕刻，一件難尋嗎？

喂呀，究竟我講嘅嘢，R有冇聽到㗎？

就是這件「巧色」燒腩仔玉雕，令闊太R神魂顛倒。

好運童子

當我瞄到中女A偷偷摸摸，擺弄我放在工作室飾櫃裏的「運財童子」翡翠雕刻時，就出其不意在她身後戲弄問：「小姐，有咩幫到你呀？」

她被我嚇得彈起，轉過身來嬌責我説：「你咁樣嚇我，一陣唔覺意打爛你啲『寶貝』，唔關我事㗎！」

在她反唇相譏時，我瞥見童子上離奇地多了一支原子筆。涉案人中女A見東窗事發，不用我查問，就和盤托出作案原因。

原來六合彩最近有「多寶」彩金，她期望藉運財童子的福氣，贏取這筆接近億元的獎金！

「支筆我擺幾日，等吸咗『運財童子』嘅威力，我先至拎去填『飛』，隨時一注獨中！」

向來崇尚科學的中女 A，竟然説出這番不合她邏輯的話。

其實何止中女A會被「運財童子」迷倒，翡翠童子雕件，向來在「翡翠人氣榜」都穩佔一席位。

童子雕刻的造型活潑，洋溢着無窮朝氣，臉上笑容漫爛，讓人忘憂解煩。所以喜不喜歡翡翠也好，可愛討喜的童子，總能俘虜人心。再加上他們帶着不同的吉祥寓意，更讓人不忍拒諸門外。

正如中女A要「求助」的運財童子，手執一隻元寶之餘，身旁同時雕飾着銅錢、黃金和多種寶物，活脱脱就是個小財神，叫想中大獎的她怎能不情傾？

健康也是財富之一，童子擁着壽桃或拿着靈芝，就是祝你long life and good health！抱着鮮花的，感覺浪漫，可以當作示愛之用，但傳統意思是祈願人前途錦繡。

攬着一條大魚的童子，不單止要你餐餐有魚有肉、豐衣足食，更希望你生意興旺，大餘大利。

初生之犢不畏虎，童子一樣膽色過人。不時和獅子、蝙蝠，甚至祥龍一起嬉玩。與瑞獸一同登場的童子也各有meaning ，逗弄獅子的代表「好運入門」，蝙蝠圍繞的是「廣納福氣」，祥龍盤纏是寓意「望子成龍」……還未説玩蟾蜍、騎青牛那些了。

玉匠為了凸顯童子的神韻，雕刻時會主力表現他們的淘氣機靈，再結合趣緻生鬼的姿態造型和各類吉兆，自然得人鍾愛。所以能長踞「人氣榜」，是理所當然之事。

手機的「事項提醒」響起，我和中女A預約修甲的時間將到，我於是叫她準備出門。中女A也不望我，只隨意應了一句「知道了」，繼續誠心地，以高八度的「BB話」向「運財童子」囑咐：「噲，你要乖乖喲，記得blessing我支『筆筆』呀！」

平時我話玉有靈性，中女A就硬係唔信，你睇佢哋家幾「迷」？

翡翠童子趣緻可愛之餘，又多有吉祥喜慶的寓意，真叫人難以抗拒。

質的疑惑

「我呢件翡翠成件都咁『綠』，咁樣都唔係靚貨咩？」靚女朋友A揸住件翡翠吊墜，一臉不解，語帶委屈的問我。

「小姐，『綠』唔係大晒，你件翡翠的『質地』唔好啊！」我呷着咖啡從容地說。

她清秀的眉頭一皺：「咩『質地』呀？」

「質地係翡翠的靈魂。外行人揀翡翠總是忽略這個重點。」我繼續耐心解釋。

「你話我件翡翠『質』唔好，咁點先算係好啫？」她續問。那雙烏溜溜的大眼睛裏，閃耀着濃濃的求知慾。

正與她在四季酒店afternoon tea的我，決定利用面前兩杯蒸餾水來作個比喻。「一件質地『好』的翡翠，就似杯蒸餾水咁純、咁乾淨。」

然後，我在另一杯水中，製造特別效果。先加一湯匙咖啡，溝兩羹Crème Brûlée，再「唧」少少hand cream，跟住攪勻。「嗱！差嘅翡翠種質，咪似呢杯嘢咁渾濁囉！」我指住杯「特效水」說。

翡翠「質地」的清濁分野，是可以有如此鮮明的對比。

「試幻想加埋綠色顏料入去呢兩杯水度，顏色係變綠了，但『清』同『濁』依然一樣，因為『質』冇改變。」

我見她在loading……半晌，終load出一個問題，嘟起嘴問：「咁……點解有啲質會『清』，有啲會『濁』呢？」

「咁係關乎到翡翠形成嗰陣嘅遭遇嘞。」這是個「地質學」話題，我暫時仍未遇過有人感興趣。

卻見她將椅子挪近我，這是對話題有興趣的「微動作」喎！

在酒店café正播放蕭邦的《夜曲》之襯托下，我開始向她娓娓道來翡翠可歌可泣的命運。「喺地底漫長嘅形成過程中，有很多因素會改變翡翠嘅『質地』。例如『密點分佈』、『結晶形態』、『礦物雜質多寡』……」

話口未完，她已連打了幾個絕情的呵欠，我惟有盡快將話題作結：「結論係，成億年仲Keep到個『質』咁純淨，係極度罕有嘅。」

只見她用手支着下巴，若有所思。 我趁機嚐一口侍應剛送上枱的Crème Brûlée。

在我正享受Crème Brûlée的蛋香時，她以睿智且冷靜的聲調說：「因為『質地』純的翡翠好少，所以要純淨嘅，先可以叫做靚，而唔係用『色』去衡量，啱唔啱？」

我驚訝她可能是個學翡翠的「奇才」，竟然一聽就捉到重點！

「啱晒！行家睇翡翠，永遠以『質』為第一，『質地』唔好，幾『綠』都冇用！」我再次強調。

我說話剛罷，她隨即鬼馬地說：「咦！咁同揀男友一樣啫，唔好淨係貪靚仔（色）。冇內涵（質）嘅，幾靚仔都冇用！」

她將揀男友的準則，套落去揀「翡翠」中，精準易明，簡直是神級比喻，真忍不住要讚她「才色兼備」。

她聽後心花怒放，呢餐Tea點都唔畀我埋單。

「質地」純淨的翡翠，更勝有「色」無質。

不老之謎

約了世姪女F在中環晚飯，慶祝她二十歲生日。見訂座時間未到，一於先去名店J閒逛。

於試高跟鞋途中，她行開接了通電話，回來就有點「嬲爆爆」說：「我咁嘅年紀，點戴玉鈪啫！」

細問之下，原來她那位正在讀時裝設計的男朋友，有篇「旗袍系列」的功課，找她幫忙做model拍硬照。

「影相冇問題。」世姪女五官標緻，樣子甜美，自然有自信。「但要戴住隻玉鈪喎，唔顯『老』廿歲就出奇啦！」她邊說邊對着鏡子，撥順被怒氣昏亂了的頭髮。

我放下手上的Jimmy Choo金色高踭鞋，安撫她說：「戴玉鈪唔一定老嘅。」

世姪女半信半疑，於手機找了幾張玉鈪照給我看。「Auntie Serena，啲玉鈪咁樣㗎喎！」

「只係呢啲款『老』啫，戴『後生』款咪得囉！」我看過照片後說。

聽到玉鈪有「後生」款，世姪女一臉疑惑。

「玉鈪常見有三款。」我向她略作介紹：「相入面嗰種，外卜內平的，叫『福鈪』。

「另外有種『圓條鈪』，係內外皆圓，好似個環咁嘅。

「仲有一種外面卜、裏面又卜嘅，就叫『貴妃鈪』。

「呢三款仲有分闊身同窄身。」我續說。

「即係高踭鞋都有粗踭同幼踭之分。」她似懂非懂地搶着答。

我索性借「鞋」發揮，繼續向她解釋：「幼帶斗零踭、圓頭厚踭、蛇皮扣帶金屬踭、仲有露趾尖頭等等，每個款式都予人唔同嘅觀感。」

之後，我順勢請店員拿一對當季最新的鞋款給我試穿，接着說：「著上顯得老，只因為你揀錯款，而非因為著咗高踭鞋就會變老。玉鈪亦如是！」

她笑眯眯點着兩隻食指，以可愛的語調試探我：「咁如果我戴玉鈪，應該揀咩款先啱呢？」

她這一問，幫男友之心昭然若揭！

「『貴妃鈪』較適合後生女。要選幼身，顏色淡冇所謂，但玉質要油潤。」我憑經驗去告訴她。

她即時將整個頭枕落我膊頭，嬌聲嗲氣地說：「Auntie Serena，你係『玉女』，一定有呢啲款嘅玉鈪啦！」

聽到「玉女」二字，我即時哭笑不得。給她一哄，我又怎忍心不幫她呢？

兩星期後，世姪女約我去IFC食lunch，說要給我看相集。相中的她，穿上鳳仙領無袖淡藍色旗袍，手腕戴着我為她精選的玉鈪，斯文淡雅之餘又不失活潑靈動，全無一點「老」氣。

「Auntie Serena，下次你啲玉要請Model示範，我隨傳隨到！」她滿心歡喜地向我自薦。

「你最叻賣口乖！」我白她一眼：「你唔係話戴玉會老廿歲咩？」

她搖一搖還戴在手腕上的玉鈪，狡黠的笑着說:「只要揀啱款去戴，變後生廿歲就真！」

人靚口又甜，我面前杯Cappuccino，還需要落糖嗎？

後生女都可以戴玉鈪，只看你懂不懂選擇款式。

「A貨」假不了

精算師W因為男朋友要開會，於是她就約定我收工後到我工作室，暢談女人經。

由細玩到大，當然知她實情是想搵個地方，等候男友收工先真！

W上到來，剛好我正和客人通電話。我向她表示快掛線，以「口形」着她隨便坐。她擺擺手，叫我不用急。

「有晒證書，保證『A貨』！」我向電話中的客人說：「放心吧……好的……明天見。」便掛上電話。

掛線後，我問坐在梳化上的W要喝點甚麼。只見她翻着雜誌，目光卻盯住我，並正言厲色指着我說：「你賣『假嘢』！？」

嘩！這是對一個翡翠從業員極之嚴重的指控！

「你發神經呀？」我一屁股坐在她旁邊，問她為何如此說。

她合上雜誌，瞪大對眼，語氣認真兼帶責難說：「我明明聽到你同人講保證『A貨』，點可以賣假玉畀人㗎？」

我聽完她的話，先是一怔，接着忍不住「噗」一聲大笑起來。

W對我的反應頗愕然，不停追問我在笑甚麼？笑得停不下來的我答不上話，要半晌才能平復。

為免又再「爆笑」，我大力吸了口氣穩住情緒，然後指一指在她前面的茶几上，幾張「翡翠證書」。

「小……小姐……麻煩你……睇吓咩嘢叫『A貨』。」笑得有氣無力的我，一邊抹着眼角的笑淚一邊說。

她先是一愣，雙眼在我和證書之間遊走幾回，才狐疑地抽出其中一張證書來看。

我叫她看清楚「鑑定結果」那一欄。「天然翡翠，A玉。」她唸出鑑證的結果，動作僵直，表情尷尬，終發現自己Get錯晒！

「我哋行家口中嘅A貨，是代表無改變翡翠內部構造嘅真貨呀！」我認真向她解釋。

她一下子接受不到這個新資訊，用力辯解說：「喂呀，A貨嗰，人人都諗係假嘢啦！」

「手袋有超A貨嘛！」我捉弄她說。

「我都唔識，你咪鬼笑我啦！」她嬌嗔的打了我大髀一下。

我繼續向她介紹：「翡翠仲有『B貨』同『C貨』！」

她用手抵住額頭問：「又係咩嘢嚟呀？」

「B貨係指經過漂白同灌膠，C貨係再注入顏色。呢兩個處理方式都改變咗件翡翠嘅內部結構，我哋行內就當『假嘢』喫喇！」我解答她。

她指着證書問我：「咁B同C，都會寫明喺度？」

「係呀，鑑定結果會列明係B玉定係C玉。」我點點頭說。

我再向她灌輸多一點點「ABC」貨的小知識後，最後再三強調：「總之，買翡翠，一定買A貨！」

誰知她聽到我強調「A貨」兩個字，誤會我揶揄她，輕輕搣了我手臂一下，責備我取笑她。 我搓着無辜被搣的玉臂，別過臉吐吐舌，在心中remind自己，「A貨」這個詞……今晚不能再出現了。

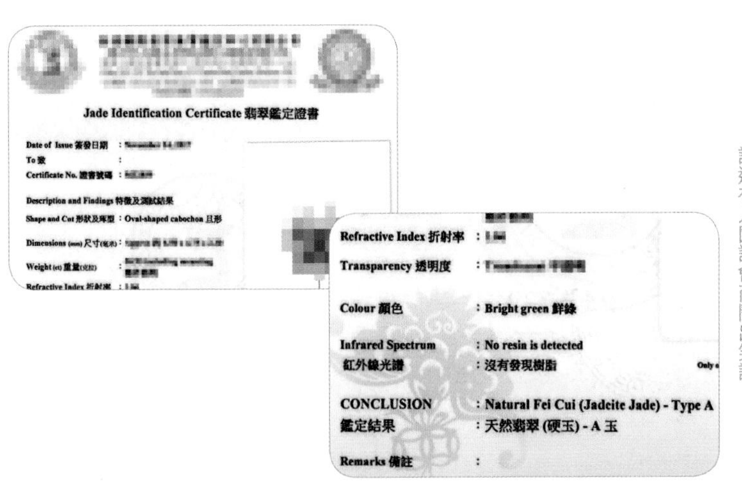
Jade Identification Certificate 翡翠鑑定證書

Date of Issue 簽發日期 :
To 致 :
Certificate No. 證書號碼 :
Description and Findings 特徵及測試結果
Shape and Cut 形狀及琢型 : Oval-shaped cabochon 旦形
Dimensions (mm) 尺寸(毫米) :
Weight (ct) 重量(克拉) :
Refractive Index 折射率 :
Transparency 透明度 :
Colour 顏色 : Bright green 鮮綠
Infrared Spectrum 紅外線光譜 : No resin is detected 沒有發現樹脂
CONCLUSION 鑑定結果 : Natural Fei Cui (Jadeite Jade) - Type A 天然翡翠 (硬玉) - A 玉
Remarks 備註 :

玉器行內稱天然翡翠為「A玉」或「A貨」，試過有人因誤會而鬧出笑話。

怪你過份美麗

今日決戰四方城。雀友是好勝闊太R，高章中女A，加埋超旺靚太C，三路高手環伺，必有一番惡鬥！

我刻意早到半個鐘，讓自己澄明心神，準備一陣激戰廿四圈！

誰知有人比我更早，進入會所的VIP房，已見闊太R翹着一雙長腿，坐在小梳化上看手機。

她見我進來，即急不及待自誇剛剛智破騙局！

「Serena ，你咁熟悉玉，你睇吓喇。」她將電話遞給我，着我看屏幕上的照片。

雖然未知何事，但有嘢「八」，我又怎能錯過？原來R的朋友稍早前WhatsApp了一張玉吊墜的相片給她，請她幫忙評鑒一下是否值得購入。

「呢件玉，又綠又黃又紫，幾隻顏色撈埋一齊，假到離晒譜，梗係叫佢咪買啦！」她在我研究的同時，敘述如何救友。

不過我仔細看過相片後，抬眼直視她說：「呢件玉係真㗎喎！」

R見我的答案與她相反，表現錯愕。 性格好勝的她，又怎會輕易認同我？還不停叫我放大相片再睇清楚。

相片中集綠、黃、紫三色於一身的玉，是我們行內俗稱的「三彩」，玉質油潤，色澤分佈自然，完全看不出半點造假的地方。

「玉又點可能有幾種色撈埋一齊喏？」R堅定地表達她的想法。

我於是向她講解，玉在自然形成的過程中，地底裏不同的致色元素會滲入其中，這樣就會出現一玉多色的現象。

我再簡述其中幾種元素的資料，例如含「鉻」的玉，會變化為綠色；「錳」會形成紫色；含「鐵」則會呈現黃色等。

但求勝心切的她，並不屈服於我的解釋，慌不擇言的說：「佢靚得太過份喎！」

見她依然捍衛己見，我惟有以「神」之名來告訴她：「造物主係一個藝術家，創造出靚到過份嘅事物，又有幾奇呢？」

我再以真誠的眼神望實她說：「你嘅存在，難道唔係一個實證咩？」

這個難以推翻的「證據」，讓她欣然放下無謂的堅持。綜合我的專業意見後，她終肯承認錯誤，並急急離座，致電給那位朋友say sorry。

闊太R雖然好勝愛認叻，但又會服輸肯認錯，性格爽直，正是我喜歡她的原因。

不知是否事有湊巧，開枱前才講完「一玉三色」，在雀局中，我亦看到「一枱三色」。

甚麼是一枱三色？

本小姐是日當旺，胡牌停不了。每喊一次「自摸」，三位美女無不嚇至花容失色！

這三朵失色小花，已揚言擇日再戰，誓報此仇咁話！

三彩玉在行內還有個好意頭的俗稱：「福祿壽」。

碎碎平安

靚太C請我落Landmark afternoon tea ，說有事要我幫忙。 從遠處已見她坐在廂位，望着廣場中庭的噴水池若有所思。一把長髮隨意盤在頭上，展露出精緻的臉龐。

直至我站在她跟前，她才發現我到了。在點餐之後，我問有甚麼事可以幫她？

她隨即拿出一隻紅色絨布袋，裏面是一隻已斷成四段的玉鈪。這隻玉鈪質色一流，爛了大為可惜。

「隻玉鈪係我奶奶個金蘭姊妹嘅。早幾日佢喺屋企撞到張雲石枱，隻鈪就爛成咁樣咯！」她帶點惋惜的說。

因為我曾經為她的奶奶維修過一件玉吊墜，她順理成章再請我幫忙。

我檢查過後，將玉鈪放回絨布袋，自信滿滿的說：「冇問題，我諗吓點樣整番靚。」

她聽到我說可以幫忙，即眯着笑眼，做出拍掌動作，可愛漫爛宛如少女。

然後她優雅地換了坐姿，回復正經，飲啖鮮榨甘筍汁後問我：「我聽人講啲玉爛咗會帶嚟衰運，要丟咗佢唔好 Keep，係咪真㗎？」

我把視線從名店D的櫥窗轉回到她身上，說：「我們行內沒有這回事啊！好似呢隻咁高質素嘅玉鈪，維修番依然有價值，點會咁傻丟咗佢？」

其實任何要經年累月才形成的天然寶石，必然會蒙上一些神秘色彩，玉當然不會例外。

她微微點頭，眉頭輕皺的說：「咁又係，呢種事情『信則有，不信則無』。」

此時美饌上桌，我們一邊細嚐一邊再聊。我最愛這裏的龍蝦扁意粉，新鮮龍蝦肉嫩爽彈，軟硬適中的扁意粉上，掛上香濃不膩的醬汁，由賣相到味道從未讓我失望。

我忍不了先吃一口，再說：「從實際情況去睇，一件玉爛咗，或者崩咗，缺口都比較鋒利，有機會㓾傷自己，所以修補前真係唔應該佩戴。」

嘴裏的美食令我再無暇説話，我輕閉雙眼，盡情享受龍蝦和意粉在口腔中展開的連場妙舞。

一頓飽餐後，我們點了杯Earl Grey來平復舌上的餘韻。

靚太C抿了一口茶，突然有感而發說：「其實心愛嘅嘢爛咗，心情一定受影響，樣樣睇唔順眼，自然以為自己行衰運，都可以話係一種心理作用。

「有幾多人可以好似你心理質素咁好，個包包刮咗咁大條痕，仲可以食得咁滋味？我就做唔到嘞。」她真誠的稱許我。

我又確實是個凡事豁達的人，她的稱讚，我當之無愧……What？我的H包包刮花咗！！！

爛了的玉經過重新打磨和鑲嵌，可以變成另一個新款。

Project MJ

活潑好動的我，新春假期當然是玩個不亦樂乎。

玩樂當中，麻雀就最得我心。我一向坐不定，唯獨它可以使我「老樹盤根」。

但友人M小姐，才是真正的MJ鐵粉。 不吃不眠打麻雀是等閒，要用翡翠雕麻雀來收藏才瘋狂，更是整副144隻翡翠麻雀啊！

而我，被M小姐委派成為這個定名「Project MJ」（麻雀計劃)的執行人了。

計劃第一階段，當然要找合適的原料。

與玉匠商量後，他說原料要有半張麻雀枱般大、厚度要比麻雀厚些，才足夠打磨雕琢。

床褥想要幾大幾厚當然可以訂製，但翡翠是天然形成，不是你想要多大多厚就有的。尋尋覓覓、篩篩選選，結果用了一年時間，才找到一塊合用的翡翠。

第二階段，是切割、打磨和雕刻。先用機械將原料切割成144隻大小、厚薄均等的麻雀雛形，再由玉匠們以人手逐一打磨光滑。

打磨過程中，又遇到其他問題。有裂痕顯露了，淘汰！大小不一致，淘汰！色澤跟其他的差異太大，淘汰！

還好玉匠經驗豐富，在切割時多切了十多隻作後備。

「我預咗喫喇，所以我話件原料一定要夠大，就係咁嘅原因！」玉匠托一托他的老花眼鏡，施施然的說。

144隻打磨光滑的麻雀已準備就緒，就等老玉匠一聲令下，就開始雕琢工序。

麻雀有「筒」、「索」、「萬」及「番字」四種花式，加上「春夏秋冬」和「梅蘭菊竹」八隻花牌。

老玉匠派出四大弟子，每人負責一種花式，八隻花牌的圖案比較複雜，就由他親自操刀！

看過五位玉匠專心致志雕琢一副麻雀的畫面，就知甚麼叫artisan spirit！雕琢前後歷時半年。最後階段是上色及拋光，又耗了幾個月的時間。

當144隻翡翠麻雀呈現在我面前時，整個project已經花了接近兩年時間。但見到完成品，一切都值得了。

那整齊的大小，順滑的邊緣，厚實的手感，可以「甩」到是甚麼牌的細緻雕刻，再加上紫檀木造的收藏盒……

這副翡翠麻雀，堪稱 masterpiece！十多年後，回想這副雕造耗時、工序繁瑣的麻雀，自己有份參與促成，也算是事業上的一項小成就吧。

假如現在有人提出這個idea，我會斷言叫她放棄。因為即使不說翡翠的價格已水漲船高，就是好手藝的玉匠也難尋了。

有些事，可一不可再。

往事重溫過，要着眼當下了。

如果食得出面前呢鋪清一色嚦咕嚦咕，又何嘗不是我麻雀史上的一項紀錄呢？

我誠心一摸，用力一捽……

慶幸有把剩餘玉料「自肥」，雕刻了一副「十三么」來珍藏。

暗裂難防

好友靚太C上到我的工作室，Hi未Say，口罩未除，條氣未順，就急急忙忙從她的H字頭包包，攞了件玉出來。

我一眼就看出她拎住那個包包，是今季的限量版，只有VVVIP才買到。「買袋唔預我！」我心中嘀咕，但口中還是關心問：「乜嘢事咁緊張呀？」

她坐下來，喘着氣説：「我奶奶件玉爛咗呀！」

我從她手上接過來研究一下。看了只是三秒，她已忍不住問：「有冇得救呀？」

我明白她點解咁着緊，因為她的婆媳關係好得可以放進「都市奇譚」，奶奶的事，她沒有一件不上心的。

我叫她先冷靜，並請助手沖杯Earl Grey給她。

她奶奶的玉吊墜，原本雕刻了一隻猴子抱蟠桃，但現在裂開了兩截，變成「猴子甩桃」。

待茶期間，她見我不斷前後查看件玉，還拿出手機電筒照看，即憂心忡忡地問：「點啫？點啫？」

我頓時覺得自己似一個醫生，面對着等聽報告的病人家屬。

「玉就梗係冇得黐返埋啦！用鑲工補救，可以繼續戴嘅。」我説出診斷結果。

她聽後鬆了一口氣。這時茶剛沖好，放在她的面前。我請她先喝口茶，離座向助手交帶一些公事。

返回座位時，已見她補了妝，衣服整理貼服，坐姿端莊高貴。

回復靚太儀容的她，用蘭花手拈起杯耳，小口呷了啖茶。舉止的優雅，和剛才的慌張失措判若兩人。

「啲玉原來咁易爛㗎？」她邊説邊輕輕放下茶杯。

我拿起那件斷開的玉答她：「玉喺寶石中算是高韌度，大力碰撞，會有機會刮花或者崩，但斷開的，多數是因為『裂』。」

她眼中帶着疑問：「我有睇過件玉，唔見有裂喎。」

「表面嘅裂容易見到，但裏面有裂，就不易看得出了。」我用手機電筒照着件玉，遞到她面前，向她指出：「看看這裏。」

一道在內裏的裂痕，在光線照射下，明顯的透現出來，這就是行家所說的「暗裂」。

「係喎！」她一臉愕然，續說：「點解會睇唔到嘅？」

「外行人好難發現暗裂的。」我關上手機燈，再告訴她。「需要借助強光，從不同角度仔細查看才會發現。見到裂紋，我哋行家唔會要。」

「唉，玉真係有好多學問！」她輕聲嘆着氣，眉頭緊皺着說。「但奶奶淨係愛玉，真係擔心佢再買錯。」

我未及回應，她突然彈出一句:「你係人『玉』字典！你教我，我返去教奶奶咪得囉！」

好一句「人玉字典」，我聽了忍不住噗一聲笑出來。我推說：「教就唔敢，當分享經驗好了。」

我心想，今日就先講玉，「限量版包包」這件事，遲些再同佢計！

有內裂的玉除了不具收藏價值外，還有隨時斷開的風險。

獨自也精彩

情人節的Lunch hour，西餐一定full booking，所以我和中女A相約到IFC飲茶。

由經理引座，見中女A已開了一壺香片，點定點心在等我。

「知你今晚實有節目，唯有約你食晏啦。」中女A為我斟茶時，打趣地說。

知情識趣的我，當然不會反問獨身的她，今晚有甚麼planning，所以呷了啖香片後便問她：「你家姐對耳環出咗咩問題呀？」

中女A隨即從手袋裏，拿出一隻玉珠耳環，輕嘆了一聲說：「唉，佢唔見咗一隻，想請你幫忙配返囉。」

她姐姐的耳環，是我幾年前替她挑選的。玉珠約10mm大，顏色碧翠，玉質潤亮，是難得的靚玉。因為玲瓏雅緻，又易配襯衣飾，所以一直是姐姐的寵兒。

誰料上星期她驚覺有一隻不見了，找遍全屋也芳蹤杳然，為此事失落了好幾天。

翡翠的事，十有八九難不倒我，但要「配對」，我直認束手無策。我的回答讓中女A錯愕，畢竟翡翠的問題，我很少解決不了。

這時「金箔桂花糕」上桌，我就隨手拈來，解釋「配對」的難處。

「桂花糕呢，一般係一大『底』整好，再細切一件件。」我失禮的用筷子篤着其中一件說。

在同一「底」桂花糕中，不同位置的色澤、凝固效果、桂花散佈，總會有差異。翡翠的形成亦然，即使源出一體，也會各有不同。

而靚翡翠的原料，極少是一大「底」的，有些僅足夠雕琢一件成品，是名副其實的「母胎單身」。因此玉質、顏色均好的翡翠，多造一件也難，更遑論相配成對。

我續說：「若果遇到質色相近嘅翡翠，係可以湊返成一對……但機會都唔大，只可睇緣份……」

當閱玉無數的我也不敢輕下承諾，她亦明白翡翠配對的難度有多高了。

我無奈表示，現在只好將形單影隻的耳環收在首飾箱，等緣份來了再「脱單」吧。

中女A聽了我的提議，看似另有所思，她沉思片刻後， 心有不甘的説：「咁就要收埋佢？唔通一直配唔返做一對，粒玉就唔使再見人咩？」

她頓了頓，提出她的意見：「而家得返一粒，不如設計成吊墜？單粒都可以好靚㗎喎。你一pair可以放閃，我single都可以發光啫！」

Wooooow！That's impressive！直如神明開示一樣，誰説獨自就不能精彩？

成雙是美，單體也是美，只看你會不會去演繹。 中女A這番睿智的話，既是説玉，也是説人啊！

抱着這種特立獨行的思想，難怪獨來獨往的她，生活也能多姿多彩呢！

一個人過情人節？She really doesn't care！

不論一對還是單粒，玉珠渾圓可人的姿態，同樣如斯迷人。

變奏重生

黃昏六點半，闊太R約了中女A到我的工作室，說要召開「緊急會議」。

原來闊太R的老爺奶奶，下個月會舉辦鑽婚紀念Party。R出席過無數大小晚宴，每次裝扮皆貼題搶眼，從未失手。但這次卻難倒她了。

因為她的奶奶講到明，好希望在鑽婚紀念Party上，可以看到五位媳婦都戴上她所贈的翡翠旦面戒指。但當中最大問題是，這隻我會歸納為「太婆」級別款式的戒指，襯在任何人、任何晚裝上，都只會構成時裝大車禍。

戴，會引致時裝車禍；不戴，又會得罪奶奶。R面對人生兩難，只好召開了這個會議。

「你哋話我可以點呀？」她無助地望着我和中女A，掠到頭髮也亂了。

中女A對時裝較有心得，先由她評一評R那晚會穿的晚裝。從R手機的相片，她已看出晚裝是出自名師之手。

「呢條貼身長裙，完美凸顯出你嘅高佻身材。綠同白二色嘅選用，高貴得嚟低調，唔會喧賓奪主。Good Choice！」她盛讚R選衣品味。

即使得到稱讚，R也沒有因此而高興，「唉！要戴隻咁嘅戒指，套衫幾靚都冇用啦。」她心灰意冷的說。

接着到我實物辨析那隻「太婆」級款的翡翠戒指。撇除款式不說，翡翠旦面大小約有20mm，玉質純、顏色正，形態圓渾飽滿，絕對是拍賣級數。如此高級數的翡翠鑲在一個接近40年前的老套款式上，確是令人惋惜。

我沉思一會後，決心要改寫她的命運，便向R提議：「改款再鑲吧！」

「改款即係要先拆粒翡翠出嚟？但我知有啲寶石一拆就爛……

咁點改到款呢……」她嘆着氣説，神色無助得如迷路的小孩。 會有這份疑慮，揭露了R對於翡翠的認識，還是在「知啲唔知啲」的階段。

我馬上以一個翡翠從業員的專業角度告訴她，翡翠相比起其他寶石，好處是韌性好、硬度高。在一般情況之下，要拆出來重新鑲嵌，是不會有問題的。

然後，我在手機相薄，找出過往我處理過的case給她看，來加強她的信心。有了我眾多成功實證的支持，R的苦惱登時一掃而空。她坐直身子，即刻吩咐我和中女A：「仲等咩呀？快啲諗吓咩嘢新design襯我啦！得返一個月時間咋！」

我和中女A心領神會對視一眼，知道我們的R回來了。

時裝有潮流趨勢，翡翠首飾亦一樣。但衣服out咗要丟，首飾過時可以redesign重生。 正因如此，我從來買翡翠多過買衫囉！

在古舊款式的翡翠上，換上新穎的設計，可令人眼前一亮。

一綠千金

世姪女F近來愛上整藝術蛋糕，早前拿着一個來到我的工作室，讓我試食。

只見細滑純白的蛋糕上，用上畫國畫的寫意手法，抹了一道淡淡化開的鮮綠，還綴了數朵幾可亂真的粉紅色小花。

她指着手上那隻我送給她的玉鈪，説是從中取得靈感。「Auntie Serena，一直想問你，點解有啲玉，好似呢隻手鈪咁，有一條綠色呢？」

她的玉鈪，清透之中藏着一條玉石行內稱為「綠根」的鮮綠色，看得出蛋糕的構思是受它啟發。

趁用來送蛋糕的錫蘭紅茶還未泡好，我先答她這個複雜的問題吧。

「玉會變成綠色，係因為形成時，有種叫『鉻』的致色元素走咗入去。」

礦物學的內容，讓她黑白分明的大眼睛，冒出無數問號。

心忖要找一個貼身譬喻，才可以解開這個好奇小女生的疑惑，所以我指一指她的蛋糕説：「玉初形成時，是白雪雪的。」

她看着眼前親手造的蛋糕，找到了代入感，點一點頭表示明白。

「跟住加些綠色的食材入去，呢啲食材，等於大自然內的『鉻』。」

瞄見她抿着唇，認真在聽；為增加其專注度，我於是問她：「若然添加大量綠色落去，蛋糕會出現甚麼效果？」

「梗係成個變成綠色啦！」她反應敏捷，意味尚未分心。

「玉的情況也類似，但大自然呢位烘焙師，經常落唔夠綠色的食材，令到有啲玉只帶有一點點綠色。

「這些綠色，有時是線形的；有時呈點狀；有些會很實在；有些則像化開的墨水，淡淡的。」我繼續耐心解説。

「咁樣同造Marble Cake都幾似喎，啲紋路一樣係完全隨機。」她攤開手說。

我一邊讚她形容得貼切，一邊向她講解：「玉質純潤，全件均綠的玉，是屬於價值不菲的罕有極品；玉質好而帶少許綠色的，價值亦不容小覷。」

聽完我講，她隨即望望手上玉鈪的「綠根」，再驚訝地說：「呢一條綠色咁靚，我隻鈪……都應該好貴……」說罷抬頭望一望我，眼神既喜且驚。

我挑起眉，聳一聳肩，不置可否。她現在應該發現我有多疼錫她吧！

正想動手斟茶試食蛋糕，世姪女趕緊搶着為我代勞，更淘氣地用口替我將熱茶吹涼。

「Auntie Serena，你小心『焫』親嘴仔啊！」她展露佻皮的笑容，向我大獻殷勤。

這個「哄人精」，我真拿她沒辦法。看見她笑臉上的一對酒窩，就如同玉鈪中那抹嬌嫩的綠根一樣，令人目眩心醉。

一抹少少的靚綠色，已經可令翡翠的價值大大提高。

翡翠盲盒

帶朋友的女兒「妹豬」去玩具店選禮物，平日多數逛名店的我，怎估得到玩具店也會人頭湧湧？

妹豬拉着我從人群中熟練地穿插，來到抽盲盒的區域，她選了喜歡的公主系列。

她隨便拿一盒上下搖晃後放下，接着又選第二盒，重複剛才動作。如是者幾次之後，才對我説挑好了。

原來她由搖晃來感受盒內的重量和發出的碰撞聲，從中猜測盒中究竟是哪款公仔。

這個十歲的小妹妹，不知道從哪兒學會這種秘技呢？我突然覺得這個行為，有些似我們翡翠行業中的「賭石」。

翡翠原料的外觀跟石頭無異，不經過切割，沒人會知道裏面是寶還是草。

連高效的X光儀器，都不能檢測到原料內的翡翠是甚麼級數，所以俗語説「神仙難斷玉」，一點也不誇張。

而行家會嘗試憑原料表面上各種蛛絲馬跡，來「推測」內裏的優劣。

他們會拿着手電筒，貼着原料表面照探，去估算裏面是甚麼質量的翡翠，就像妹豬會拿着盒子來搖晃一樣。

靠一支手電筒及一雙肉眼，再根據經驗去推測和估計，而決定「買」還是「不買」這塊原料。

這跟在賭場聽搖骰仔的聲音後，去下注「大」或「小」差不多。因為太多不確定因素，故稱為「賭石」。

賭就當然有輸贏。用$100買下的原料，切割後能造到賣$10000的翡翠成品，這就是贏。相反的，就是輸了。

不要看我將輸贏説得這樣輕鬆，現在「賭」一件小小的原料，基本是以百萬港元起價，絕對是一個高風險遊戲。

Nothing ventured，nothing gained，一「石」致富的童話故事

有發生過，且每個人都認為自己會是下一位主人翁。

而像我這種對童話沒甚麼憧憬的人，會寧願多花一些錢，買已切割開、赤裸裸任你看清楚是甚麼素質的翡翠原料。

為甚麼我不試試玩一手？因為比起罕見的happy ending，我見到更多的是血淋淋的結局。

付款後，我和妹豬走到玩具店門外。

以為自己掌握了抽盲盒秘技的妹豬，充滿信心的打開她精心挑選的那一盒……登登登櫈！竟是她最不希望抽到的那個款。

她當下茫然失落的表情，與賭石輸了的人有幾分相似。紙盒裏面是甚麼公仔也難估，更何況是石頭內的翡翠呢！

只是抽盲盒不過幾十塊錢，再抽幾個讓妹豬開心也無妨。我這個寵女Auntie，拖着她的小手，再次勇闖玩具店。

這次，讓妹豬見識一下傳說中的「幸運手」吧！

電筒、眼光和膽色，就是「行家」看翡翠原料的工具。

搖滾形象

今日上公關F的公司，幫姪仔拿兩張外國樂團的演唱會門票。

這次樂團訪港，她的公司有份策劃，我請她賣個「人情」，幫姪仔弄來門票。

拿着這兩張VIP門票及F私人贈送的backstage通行証，實在萬分感激。

我打趣的學着武俠劇的對白，抱拳作揖說：「這個恩情，來日必定相報。」

「唔使等第日，啱啱諗到件事要你幫忙。」F當場給我一個投桃報李的機會。

樂團代表中，有位負責公關的職員，在洽談過程裏幫了F不少忙。今次她將隨團來港，F想趁機會送份禮物來表謝意。

正苦惱送甚麼好的時候見到我，就自自然然想起玉，所以F當下就決定請我選件玉送給她。

It's a very good choice！

一來玉器能代表我們的東方文化，二來外國人甚少接觸玉，收到定必難忘。

「你有冇佢嘅相？睇吓佢咩嘢形象，再揀件啱佢嘅玉！」我說。

相中的外藉女仔，年約廿五、六歲，樣子甜美。一身搖滾打扮，硬朗有型。我詫異她酷得似「band友」多過公關，F回答，她以前真是夾band的，後來才轉職做公關人員。

這樣看來，我肯定傳統玉器配不到她的形象，更襯不到她體內的「搖滾靈魂」。

我想了一想，突然靈光一閃，即刻對F提議：「我們來個『玉器』crossover『搖滾』的創作吧！」大膽的提議，嚇得她目瞪口呆。

我解釋，玉石經常以中式雕刻造形出現，「東方」個性太根深蒂固，已經給人定了形。

但事實上，玉的可塑性絕對跟其他寶石無異。只要運用創意，糅合不同的元素，玉的設計、雕刻也可以讓人耳目一新，帶來驚喜。

F心思冷靜，聽完我的言論，一語道出要點：「出嚟效果靚就叫驚喜，唔靚就叫驚嚇啊！」

用作品説話最好，我從手機找出一些我所設計的玉器珠寶相片給她看看。當中有簡約，有浮誇；有傳統，有新派；有古典，亦有現代，設計風格極端迥異，但玉石都完美融入其中。

「只要配合得宜，玉器絕對可以carry到唔同style嘅設計。」我總結 。

被刷新「三觀」的F，驚嘆原來玉器設計可以如此多變。

在我這份強而有力的portfolio打動下，她最終決定接納我 「玉X搖滾」的設計方案，更期待我到時能給這位「band友」，一件滲着搖滾精神的玉器首飾！

「有個性」是一把「雙面刃」：一面叫人印象深刻，另一面易被人定形。玉就是一例。

Ummm......F剛才説見到我就想起玉嗚，那我豈不也被他定了形？

但「玉」女這個形象，又真的是太襯我了，定形也是應該的。

見到翡翠電結他的設計草稿後，公關F相信玉絕對可以跟搖滾結合。

憐香惜玉

精算師W朋友的食店，下星期開業。

她說朋友是老闆兼主廚，食店專營滋補養顏的中式湯品，主攻女性市場。W知我愛湯水，於是邀請我一同去試菜。 目測老闆不外三十歲左右，但寒暄下，才知原來她已年愈五十。

「佢就係不停飲啲養顏湯，飲到變『美魔女』囉！」W 在旁插嘴道。

美魔女靦腆一笑，拍打W的手臂，叫她不要胡鬧。她請我們自便，說入廚房準備一下，就可以試菜了。

我開始自顧自欣賞食店的裝潢。這裏裝修以「禪」為主題，用和紙、竹簾配合木材，營造出一種恬淡平和的氣氛。

而最吸引我的，是木架上幾件翡翠裝飾品。我見到翡翠，就out of control，旋即被吸引過去。

幾件翡翠雕刻，差不多有前臂般大小，內容均是山石流泉。喜愛這類雕刻的人，必然是心懷「仁者樂山，智者樂水」之雅士，這和美魔女老闆的氣質好match。

「W話你係翡翠專家，呢幾件翡翠我有冇揀錯？」美魔女突然站在我身旁問。

她說菜式還在準備中，先出來和我們聊聊天，見我在觀賞她的藏品，就趁機一問。

我讚她眼光不錯，這幾件翡翠瑩秀潤滑，雕工上乘。玉中山明水秀之景，為食店添了一番風雅。

她聽見讚賞，又是含羞一笑，但隨即換上一臉苦惱。「唉，其實呢幾件玉以前好油潤，喺家暗啞咗好多。」她惋惜的說。

我還以為是甚麼事讓她苦惱不已，原來不過如此！我告訴她，女人和翡翠一樣，都需要滋養。見湯品未上桌，我就先教她如何保養翡翠吧。

翡翠表面失去光澤，多是灰塵積聚之故，首先要用水沖洗表面灰塵。但清潔表面是不足夠的，因為翡翠雕刻巧細，當中罅縫地方，需要用一把軟毛牙刷來溫柔刷拭，才可以徹底刷走積存的污垢。

之後再用水浸洗一次，確保所有污漬沖走後，便用毛巾輕輕印乾。不過千萬不可大力抹刷，以免弄崩一些細微的雕刻。如罅縫位藏有水珠，則可用冷風模式的風筒吹乾。

待翡翠表面乾透後，最後要噴上一層翡翠專用的保養液。完成整個treatment，翡翠便會油潤光亮如新。「其他翡翠首飾，都可以咁樣去保養。」我補充道。

知道藏品可以回復光彩，美魔女喜出望外，忍不住綻放了一個大笑臉。

Oh My God ！

大笑最易露皺紋，但佢笑到咁，連一條細紋都冇啊！真係搽乜鬼「神仙水」吖，飲多啲養顏湯水好過啦。等陣啲湯，double上吖唔該。

玉石和肌膚都需要保養滋潤，
才可以時刻保持水盈秀麗。

瑕不掩瑜

世姪女F去完旅行，買了些當地零食給為食的我作手信。

她這麼有心，一於請她到Landmark食個tea，順便聽聽她的旅遊趣事。

她說，這次為期十天的旅行，成員清一色八個女生，全是她的中學舊同學。

我個人經驗，一班人幾friend都好，要對住十日九夜， 難免有「火花」的。

「中間都有嗌過交呀，不過瞓醒就無事啦！」她做着鬼臉地坦承。「對住十日，咩缺點都走晒出嚟，哈哈！」

Long trip，真是友情大考驗。

當她用飲管溫柔地拌着carrot juice時，突然滿有哲思的說：「但邊個會冇缺點吖，夠『愛』就包容到㗎啦……」

咦！世姪女的說話，怎麼如此spiritual？難道她這趟是靈修之旅？

Btw，身為一個愛玉之人，我很認同她這句話。 人有缺點，就等於玉有紋路，是正常不過的事。

行內俗語：「玉無紋，天無雲。」是說玉要純淨無紋，等於天上無雲一樣罕見。

紋路，是玉在地底形成時天然生成的，就似小貓身上的花紋，絕對是natural born。

To be honest，有紋路的玉可算是有瑕疵，但若「種色」優良，依然有收藏價值。

因為這些紋路，是天然形成的，可說是玉獨一無二的「胎記」。而這些胎記，又會成為賞玉的另類樂趣。

例如，有些紋路是點狀，如春雨遍灑；有些呈線紋，看似山巒起伏；有些形成團塊，就像是秋雲舒捲。

當心情有所轉變時再看，原似雨點的會化成繁星，像雲朵的又忽然變成飄棉。

一賞一回新，箇中趣味，妙不可言。

玉的紋路，就似人的缺點。由包容接納，到發現它的可愛有趣，you can't do it without love.

我最怕人戴着一塊玉，卻不停嫌棄它的紋路；和一個人做朋友，又時常數落他的缺點。

Take it or leave it，你既不接受、又不欣賞，何不放手 let it go？

或許有人喜歡這玉的紋路、有人接受這人的缺點，就待你放手，他們就「飛撲」相迎。

世姪女鮮有的專心聽完我這番感受，然後打趣的說：「似唔似媽咪成日講嗰句……咩嘢……『冤豬頭都有盟鼻菩薩』……」

我被世姪女逗得哈哈大笑。這是她媽媽捉弄這個刁蠻女兒，竟能有位好男友對她萬般包容的說話。

其實世姪女精靈活潑又有禮，縱有少少刁蠻任性，就似美玉中的紋路，同是瑕不掩瑜。

人和物難有完美，其中種種缺點瑕疵，在愛人眼中，反成為最迷人和特別的地方。

所以下次當有人問，咁嘅玉你都鍾意？咁嘅人都可以做friend？你不妨答佢：「係愛呀！」

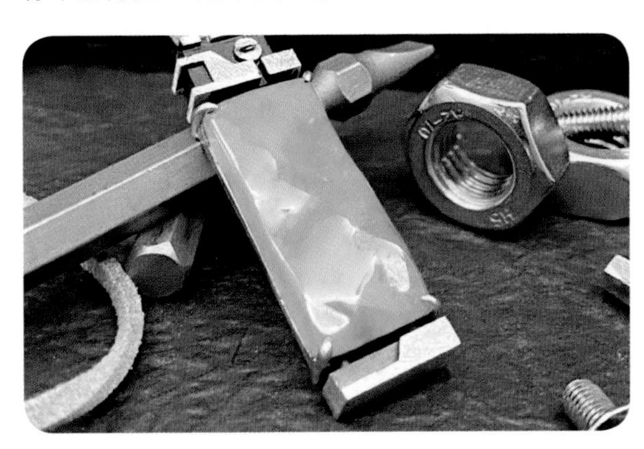

圖中翡翠外形「另類」、顏色又不均勻，卻仍然有人對之情有獨鍾。

玉扣定驚

約了中女A先在蘭桂坊Happy Hour，晚上再一起出席電影首映禮。

「細路仔成日瞓覺驚醒，係咪食保嬰丹好呀？」我正在喝Negroni，單身的她失驚無神這樣問，唔通……

她知我在「腦補」情節，連忙解釋：「我講緊我家姐個女呀！」為免我胡思亂想，她一口氣告訴我事件的始末。

原來她家姐的三歲女兒，近排瞓覺頻頻驚醒。看過醫生，說可能是小朋友精神緊張所致。

「好似話保嬰丹對夜睡不寧有效，咪睇吓你識唔識囉。」語畢，她側一側頭。

我思索了一會，向她建議：「呢啲情況，可以戴件玉嗎。」

「你意思係用扮靚嚟哋佢開心，令佢精神冇咁緊張？」她竟然從心理層面分析我的提議！

我無奈要對長期讀「番書」的她，解釋玉在民間的傳說習俗。「好多人都相信玉有安神定心嘅作用，遇上細路仔瞓覺驚醒，都會俾個『玉耳扣』佢戴，用嚟壓驚。」

「耳扣？B女咁細個，無打耳窿嗎……」她搔一搔頭答。

我於是直接上Google， search 圖片給她看：「『耳扣』係咁嘅！」

「哦！圓形中間有個窿呢一種，原來叫耳扣。」她望住張圖，恍然大悟。

我續說：「中國傳統上，細路仔戴住佢，會瞓得安心，冇咁易驚醒。」

我話未說完，她已馬上撳手機上網找資料。看着她修長的手指不停移動，啞黑和金色相配的美甲吸引了我的目光。

在我看得入神之際，聽見她呢喃讀出網上的資料：「……科學證明，玉含有對人體健康有幫助嘅『微量元素』，例如硒、鋅……

長期戴玉可舒緩鬱悶、寧心安神。照咁講，壓驚唔係完全冇科學根據喎。」她全神貫注地分析，口中唸唸有詞。

我知中女A素來理性，但估不到連壓驚，她都要找科學來back up。

數個星期之後，跟她食Dinner，她甫坐下便說：「阿B女戴咗你送嗰件玉耳扣之後，瞓覺真係冇再驚醒嘞！我見網上寫，玉仲可以擋煞、保平安……」

「小姐，你查咗有科學根據未？」我刻意戲謔反問她。

她卻沒我好氣，繼續自顧自發表「偉論」：「玉嘅傳說習俗，又唔係樣樣都需要用科學去證明佢『work』 嘅。就好似……」

她說話時，雙手不時比劃，我留意到她這次新造了以湖水藍來撞shocking pink的美甲。咦！比上一次更吸引喎！

此刻，貪靚的我，比起聽她的見解，更有興趣知間Nail Salon到底在哪裡囉。

玉耳扣除了定驚，還有平安圓滿的意思。

養玉怡情

靚太C陪老公去完business trip回港，說整個月沒見，非常掛念我。

所以這日約了我去「大館」飲茶談心。

一見面，她隔着餐枱已給我一個「愛的抱抱」。She is so sweet！

我們一邊嘆茶，一邊交換近況，不知添了第幾回茶的時候，她突然問我之前在專欄中，寫到有關翡翠護理之事。

「其實係咪我奶奶成日講嘅『養玉』？」她問。

作為一個專欄作家，讀者疑問怎能不解答？

「嗰次係講翡翠保養，同『養玉』唔一樣㗎。」我回答她。

她把秀髮勾在耳背，安靜地聽我說下去。

人們說的「養玉」，是指玉要戴在身上好幾年，兩者氣場才能一致，到時才是玉的主人。

我告訴她：「呢個先係你奶奶所講嘅『養玉』。」

靚太C問起我其中道理，我說這是一種民間信仰。古往今來，這種人和物之間的心靈倚慰，放諸四海都一樣，而在我們的東方文化中，玉是其中之一。

「但我對『養玉』仲有一番感想。」我一邊為她添茶，一邊說。

她輕輕側着頭，好奇我對「養玉」有甚麼獨特見解。

「身上多咗一件玉，人就會漸漸端莊優雅起嚟。」我煞有介事地坐直身子說。

這並非說玉有甚麼magical power，而是純粹簡單地，害怕舉止動作太粗魯，會把玉石弄爛。

靚女C看似有所共鳴，忍不住話：「好似我以前湊B嗰陣，因為怕弄傷B B，所以動作都變得輕手輕腳咁！」

我贊同兩者確有共通點，皆因玉和BB，同樣要小心翼翼的「養」。所以人戴了玉之後，行為舉措自自然然會變得溫柔斯文。

Habit makes second nature.

戴玉好幾年，由開頭刻意注重，到之後成了習慣，整個人的舉止，甚至言談，都開始變得文雅溫婉了。

正如周星馳所説：「由外到內，又由內去返外。」外在舉止斯文了，連內心也受影響，漸漸變得溫順。心靈的和善，最終又會在行為表露出來。

我向靚太C總結：「我自己對『養玉』的認知，就係咁樣一回事。」

靚太C聰敏過人，領悟力強，即時接口：「這就好似我學書法、花藝和茶道一樣，都係通過活動來陶冶心性。而『養玉』就係用戴玉呢個行為，來薰陶、培養一種如玉般溫婉可親的性情。」

估不到靚太C一聽就明，我忍不住要豎起姆指讚她。只不過怡情養性這回事，是需要時間的。 我自出世就戴玉，「養玉」的資歷可算數一數二了。可是「溫柔」、「斯文」這些形容詞，好像還是離我尚遠。

「咁你『養玉』養咗咩嘢出嚟？」靚太C突如其來問我。

Er⋯⋯養咗⋯⋯見⋯⋯見解囉！

冇見解又點寫專欄啫？至於嗰啲「溫柔優雅」，我就快養到㗎嘞！嘻嘻！

戴玉不只可以裝飾衣容，還能怡養人的性情品格。

老坑魅力

很久沒有買新衫，一於約時尚達人闊太R行街 shopping。

對女士來說，最好的運動就是購物，消耗完大量卡路里之後，當然要去食個tea補充體力。

R負責落order，我則在審視「戰利品」。 侍應下單後，R即叫我把戰利品收起，有件事要我先幫忙。

原來R的舅父，想從朋友手中收購一件翡翠，但又不知質素如何，想我給些意見。

「你睇咗先，一陣掛住買嘢又唔記得問你。」她將相片轉發給我，要我憑相片初步判斷一下。

相片中人是她的舅父，頸上正試戴着朋友想出讓、一塊約5、6cm長的玉牌吊墜。

我放大手機畫面，仔細觀察後表示：「Um……係『老坑』嚟嗎！」

我話剛落，即換來R的責怪：「你叫我舅父做『老坑』？唔係好禮貌囉！」

我登時錯愕地把視線從手機上移開，一臉不解的望着R。

R的表情罕有地嚴肅，雙眼直直的「厲」着我，絕非在跟我開玩笑。

「『老坑』是指件玉，唔係話你舅父呀！」我急急澄清。

她半信半疑，認為我找藉口來瞞混她。

為了徹底化解R的誤會，我立即講解一下翡翠行內「老坑」的意思。

「話件玉『老坑』，即係指呢件玉留在玉礦的時間長。」我語氣真切的向R解釋，同時向她灌輸一點玉石知識。

簡單來說，這類玉石形成之後，stay在礦牀的時間久遠，才遭人開採。長時間留在礦牀，必然會經歷更多地質變化或者水流活動。

而這些活動，有如不斷焠鍊礦牀中的玉石，令她的雜質含量減少之餘，內部晶體更見細密。

「雜質少、晶體細密嘅玉石，一般質地通透細滑，顏色鮮亮鋭利，就好似呢片玉牌咁。」我指着相中的玉牌説。

因為質色均好，所以「老坑」玉一般都屬於靚玉的一種。

聽完我的解説，R輕輕的「哦」了一聲，顯然知道自己錯怪了我。

滿以為她會為剛才對我作出的無理指責而道歉，誰料她竟然這樣回應：「鬼叫你平時講嘢咁粗魯，我先至誤會啫嘛。」

我正想教她分辨「粗魯」和「豪邁」之別時，剛好侍應端菜上桌。

R順勢收回手機，帶點岔開話題的意圖問我：「即是玉牌值得收購？」

「件老坑咁『正』，梗係唔好放過啦！」我肯定的回答。

就在這個moment，我瞥見正在上菜的侍應，神情閃過了一絲「我聽咗啲咩」的驚訝……

這一刻的尷尬，令我realize到「老坑」兩個字，果然會惹人誤會。

所謂尷一尬，就長一智。我下次話件玉係「老坑」種時，會識得加多個「玉」字喺尾㗎嘞！

老坑種的翡翠玉質水潤，色澤瑩麗，是翡翠中的極品。

愛的重量

一向扎扎跳的世姪女F，早前join了一個meditation 的課程。

她笑説冥想學不成，但卻在班上結識了一位年紀相若、説話投契的女孩S。

當她發現S竟是個玉石fans時，便立即熱情地組約飯局，要介紹我這個「玉女」Auntie 跟S認識。

能多識一位同好，我又怎會say no？依時赴約，離遠已見世姪女帶着招牌式的燦爛笑容，坐在餐館偏廳向我揮手相迎。

而她身旁坐着一位樣子秀麗、氣質淡雅的女孩，應該就是S了。

「你好，我叫S。」S禮貌的站起來自我介紹，舉止得體大方。

本來對愛玉的人已有偏愛，現在見到這位S文雅清麗，好感度又提升了。

大家隨意聊着，發覺年紀輕輕的S，除了玉石，對很多寶石也有豐富知識。由如何形成、該怎樣欣賞鑑識，以至在文化領域上的意義等，她皆説得頭頭是道。

有些獨特見解，甚至impressed了我這個專家。就如我問她，為何鍾情玉石而非其他寶石時，她這樣回答：「因為其他寶石嘅價值，係用『重量』嚟計算。」

愛惡寶石的原因五花八門，but this one， 啊……卻是我第一次聽到。

她説鑽石、紅藍寶這類寶石，是以重量（carat：克拉/卡）來計算價值。一粒寶石，放在磅上秤一秤多重，然後參看市值是多少錢一克拉，便計算出她們的價值了。就像在街市買菜買肉一樣，依「斤両」來定價，重量就是價值。

「但玉就唔同嘞，重量計唔到佢嘅價值。」她續説。

愛玉的人，不會計較重量；正如懂畫的人，不會論紙張的厚薄。

一張宣紙，重不過1g。但若王羲之題上字， 齊白石畫了蝦，你還能用紙張的重量，來衡量它的價值嗎？

玉就像這些藝術品一樣，你願意付出多少來擁有它，是取決於你對它有多「喜愛」、多「着迷」，多「渴慕」，而不是它有多重。

S溫柔地表示，若然有日，玉也以重量來計算價值的話，便是她和玉的愛終結之時。

「因為我接受唔到我嘅愛，要用磅嚟秤啊。」S嫣然一笑，如斯來總結。

她這個乍聽令人覺得奇怪的理由，最後竟然有個浪漫的解釋。

事實上，玉石的價值，當然有客觀準則，例如玉質清濁、顏色鮮淡等。只不過重量，卻又真的從來不在計算之列。

我自己喜歡玉甚於其他寶石的原因，雖然跟S的不同，不過她的看法，我buy啊！

點解？

日後我啲閨密懷疑我肥咗，想我上磅磅重嗰陣，我可以訓斥佢話：「我重定輕，係咪會影響到你對我嘅『愛』先？」

衡量翡翠優劣有幾項基本要求，「重量」卻從不在其中。

醉說因由

「你搵玉做咩呀？」

在蘭桂芳一間意菜餐館，我向喝着紅酒的中女A提問。

事緣在一分鐘之前，她忽然沒頭沒尾的，叫我替她物色一件玉。

為人尋玉之前，我一定要了解原因，所以有此一問。

但她只凝視杯中的酒，沉思不語，彷彿沒聽見我的問題。

我心裏納悶：「喂呀，『玉』海浩瀚，你冇指引俾我，我唔知你想要咩嗝……」

例如，是買給自己，還是送人？若然是買給自己的話，事情較易辦。

我撮合過無數人與玉，甚麼類型的人，適合佩戴哪一種類的玉，我一眼就可定斷，match 得快過「AI」。對我來說，向眼前的人推薦一塊玉，it's a child play！

假如是為「想找玉給自己」的人服務，略知對方想戴玉的理由便已足夠。但對着「想找玉來送禮」的人，就要做多一些背景調查了。

不是我諸事八卦，只是玉有很多不同含意。若然知道對方送禮的原因，就可以方便我prepare符合主題的玉，以備他們選擇。

譬如，作為生日禮物的，我就可準備一些有「慶生」meaning的玉，好像代表長壽的玉桃、 寓意健康的玉葫蘆等。假如是送給剛出生的BB，那就可多選幾隻有保平安意思的玉耳扣，給對方比照考慮。

若是想贈予父母至親的，我會集中介紹高品質的。因為喜歡玉石的父母輩，玉質才是關鍵。你送他們一件「好種好質」的玉，絕對會讓他們笑不攏嘴。

這些都是「面嚙浸」，尚有幾十種尋玉原因未說呀！

所以，不管委託我也好，光顧玉店也罷，向對方provide買玉的原因，可有助他們先幫你篩選，再妥貼找出最適合你的玉。

Otherwise，在茫茫「玉」海裏，不知何年何月才選到你想要的玉啊……

「Fine!」中女A突然一手拍在枱上，把我從「內心讀白」中硬扯回現實。

只見她用已失焦的醉眼望着我説：「你……埋嚟……我……講你知……」

What the heck？！她是甚麼時候獨自喝光枱上兩支紅酒？

我還未了解眼前情況，她已倏然猛力地把我拉到面前。用她滿是酒氣的嘴，在我耳邊「諜晒脷」 説：「…¥&%…#%$…@&$…」

我還理她甚麼原因尋玉？趁她未嘔之前，快快送她返歸好了！

有人話：「在蘭桂芳發生嘅事，第二日就唔會記得！」

果然，呢位中女A，事後係完全唔記得有叫我搵玉呢件事。

但係咁嗝，我就好記得醉咗嘅佢，喺車上面不停咁loop住話：「啲男人……信唔過㗎……」

嘻嘻，中女A究竟信唔過邊個「男人」，先係我而家最想知嘅事！至於點解要搵玉？遲啲再講啦！

如果買翡翠的原因是用來祝賀別人的話，「豐衣足食」這類有意頭的就適合了。

藏寶逃

靚太C突然來電邀約lunch，正愁要一個人孤獨午餐，她這個救命邀請，我又怎會推掉？二話不說即馬上應約。

餐後歎着咖啡，靚太C問我可否陪她去買些金飾。

「買金飾？你娶新抱呀？」我開玩笑的問。她精靈的兒子是我契仔，今年八歲。

她完全漠視了我的幽默，稱首飾是買給奶奶的。原來靚太C的奶奶，早前外遊時在酒店遇到失竊事件。

事緣某日她匆忙外出，忘記把除下來的幾件小金飾和一件玉吊墜鎖在房間的夾萬裏，回來後就發覺幾件金飾不翼而飛了。

「奶奶話好彩遇到個笨賊，攞咗啲金飾，冇攞件玉吊墜，唔係嘅話就真係心痛喇……」靚太C一邊請侍應結賬，一邊說。

我告訴她，賊人不是笨，是不懂事才對！

靚太C奶奶戴的那件玉吊墜，是一件質純色陽的小杏心，只用一條編織繩穿起，恰好彰顯翡翠的韻味。因為沒有黃金和鑽石鑲嵌，在不懂玉的人眼中，誤作玻璃或水晶也不足為奇。

靚太C疑惑地稱：「It's impossible！」她認為如此剔透玲瓏的翡翠，怎會有人不知其價值？

我向她解釋，沒接觸過珠寶的人，也會對黃金、鑽石的價值有些概念，但對翡翠，則有機會毫無認知。

For example，丁點藝術也不懂的普羅百姓，都會知畢加索、梵高這些畫家；我喝掉餘下的咖啡接着說：「但Gustav Klimt（維也納著名畫家）、William Waterhouse（英國新古典主義畫家）呢啲，就要對藝術有一定認識嘅人先知同樣係『寶』！」

珠寶中的黃金、鑽石就似畢加索，名聲在外，懂不懂珠寶也好，都知它們的身價。而翡翠則像Gustav Klimt，對珠寶了解不深，絕對意想不到其價值之高。

若眼前有一萬美金和一張Gustav Klimt的素描，讓人二選一，不諳藝術的，可能會選美金而放棄素描；但若是藝術界中人，就知Gustav Klimt一張素描，已估值逾十萬美金了。

「同樣道理，呢個賊仔偷金而捨玉，證明佢對珠寶認識有限喇！」我以「金田一」式的口脗下定論。

否則，靚太C奶奶那件等於兩塊金磚價錢的玉吊墜，哪有可能仍原封不動？經過我的解説，靚太C才明白奶奶遇到個平庸竊賊，真是不幸中之大幸啊。

其實，不論喜歡大眾認識的黃金、鑽石，還是鍾情於少數人沉迷的玉石、翡翠，凡是貴重物品，都一定要妥善保管，時刻提高自己的防盜意識，這樣叻賊笨賊也難有機可乘了。

你以為人人好似靚太C個奶奶咁好彩，遇着個笨賊，損失輕微之餘，兼有個孝順新抱，即刻去買返幾両金嚟哋你開心咩？

仲睇？你啲首飾鎖好未呀？

質地通瑩無瑕的翡翠罕見，不懂玉的人隨時當作廉價晶石。

照騙風雲

我和精算師W約了好幾次飯局，也因不同原因而告吹。這晚終於排除萬難，在中環一間新開業的日本料理聚頭了。

點選的刺身、壽司和燒物陸續上桌，我們佐着清酒，開始隨意聊天起來。

我乾了杯冷清酒，醒起W早前提過忙於租樓，於是問她進度如何？

「嘩，有啲嘢，單靠睇相隨時『中伏』！」她吞掉鮮滑的海膽刺身後，開始訴說早前的租樓經歷。

原來W是從物業網站，瀏覽相片去揀選樓盤，有興趣就再約經紀到現場參觀。

但去到現場，她大多發覺相片跟現實差距頗大，有幾次甚至以為自己去錯單位看錯盤。

她用手支着額頭，帶着不解地說：「我真係唔明，點解有人可以唔親身去睇過就租樓！」

這種網上租賃服務，我自己沒有經驗。但網上購物遇到相片與實物有差距，倒不是新鮮事。

我那個被玉石「圈粉」的世姪女F，有我執手而教，現在對甚麼質量的玉，約莫是甚麼價錢這些basic概念，已瞭如指掌。

所以當她在一些網店，發現從相片看來高質，但標價甚低的玉石時，總會傳過來問我原因。

FBI探員或會用精密電腦來分析照片，而我就要用「專業」和「客觀」的態度來解釋了。

Be fair，出現低於市價的玉器，不一定是「騙案」。店家可以有千萬個理由，低價出售自己的玉器。這些私人理由，我就不作個別評論了。

而我自己親眼見過玉器會低過市價出售的理由，大部份是因為玉中帶有暗裂。

先作免責聲明：售賣有裂的玉，不代表是「無良商人」。

只是在我們行家眼中，同一質素的玉，有裂跟無裂的玉，價值會相差一半以上。

從相片可以看到玉的顏色和質地，但暗裂若不拿在手上仔細檢查，就較難發現了。

一件玉與同級數相比，價錢無故特低時，就有可能是這個原因。

最後就是名副其實的「照騙」。現在是連人臉都可以轉換的AI時代，將一件玉器的顏色和玉質「全面美化」，用手機程式撳兩三個掣就完成，真是easy peasy啊！

即使有圖有視頻，也不一定是真的。

所以我十分認同W，別以為所有商品都可直接網上交易，不親自驗證就輕易付錢啊！

個人意見，玉石就是其中之一。

結帳前，我請整晚細心serve我和W的侍應妹妹，為我倆拍照留念。「麻煩你用美顏App影嗰。」我合掌拜托她。

誰知她甜甜的說：「兩位『姐姐』咁靚，使咩用美圖呀！」

佢咁「誠實」，tips我哋點會畀少啊！

網上的「玉」照真假難辨，多聽意見、多看實物、多問理由，才可保障自己。

圓美

為準備珠寶展，我整個月謝絕各方好友相約，現在展覽圓滿結束，我在此公告：I'm back！

那個説掛念我到「茶飯不思」的世姪女F，這天邀約下午茶，我當然火速現身，以解她思念之苦。

「衰妹，你呃我！又話茶飯不思？圓潤咗先真喎！」世姪女一現身，她的甜蜜謊言不攻自破。

小妮子以「嗲」功化解我的揶揄，並招認之前去了韓國大吃大喝，現在正付出沉重代價——地獄式「瘦身」！

她嘟着嘴説：「啲家食tea對我嚟講係『罪』……但為咗見Auntie，我願意背上呢個罪名！」她仍舊口甜舌滑啊！

其實胖了少許無損她的清秀之餘，更添了幾分神采。不過人人對身形要求不同，所以她堅持只要份牛油果沙律，我也沒有意見，而我當然點選最愛的Crème brûlée。

世姪女即時哭喪着臉，説我「泯滅人性」，在她減肥期間用甜品來誘惑她。我趁機捉弄她説：「你又唔想學玉器咁，以『圓潤為美』，係要忍吓口喋嘞！」

她也認同肥嘟嘟、脹卜卜的玉石可愛別緻，但為甚麼玉會以「圓潤為美」，她就不清楚了。

玉質「清潤」，代表裏面結晶細密，瑕疵極少又剔透晶瑩，當然會成為「美」的標準。至於「圓厚」為何也成為審定玉美與否的準則，我自己的理解，可能與中國的哲學有關。

儒家的「中庸」、道家的「無爭」，均是一種「融和」的哲理。如果要用一個形態來表現，「圓柔和順」的外觀，就最合適不過了。

歷來不少聖賢，都拿玉和君子雙互比喻，玉雕在體態上，也自然要反映君子們尊崇的儒、道兩家學説。

「圓順」除了表達哲理，也有實際上的需要。玉會戴在身上，雕琢尖凸的話，戴起來自不及圓滑的舒適。即使不佩戴在身，玉也要偶爾搓揉，讓她保持和暖，這行為也就是坊間所講的「養玉」。

既然人有搓拭玉器的習慣，玉匠雕刻時，就會以讓人手感舒服的圓卜形態作為考量了。

還有，傳統上玉雕要給人祥瑞喜悅的感覺。雕成三尖八角的玉器，會予人生人勿近之感；相比之下，外形順滑渾圓，就祥和可親得多。

結合種種原因，形態是否「圓渾飽滿」，也成為品評一件「玉」美不美的指標了。

美玉要求圓潤，但美人就可以多姿多樣，蘇東坡一句「短長肥瘦各有態，玉環飛燕誰敢憎」，既說書法，也在講人。

所以啊，想增肥定係減磅都冇所謂，自己喜歡同健康就得嘞。但若然係為咗please人哋而做……咁就唔係幾好囉！

渾圓飽滿的玉旦面，除了充份展現玉石美滿的體態，亦暗暗切合中華民族的哲學思想。

真正本色

這天我做靚太C的司機，接上完國畫班的她放學。

坐在司機位上，遠遠看見她將長髮扎成一個可愛小髻， 白tee仔配一條淡米色的鬆身長褲，腳上襯一雙淺黃色布鞋，寫意又青春。再加上肩上那隻裝了幾卷宣紙的畫具袋，在樹蔭間的陽光下走過來的她，像極文藝電影中的女主角。

我正看得出神，靚太C已坐進副駕位，甜笑着感謝我來當她的司機。

「你講呢啲？諗吓去邊度食lunch啦！」我把車子駛進車道時笑說。

她問我可否先載她去藝廊買些繪畫顏料才食晏，我聳聳肩説句sure，就朝藝廊進發。

車子在一盞紅燈前停下，我聽見靚太C對着電話，以語音記錄要買的顏料：「朱磦、藤黃、石青、洋紅……」。

待交通燈轉綠，我一邊開車，一邊讚賞國畫顏料的名稱很美，單從名字已令人聯想到是甚麼樣的色彩。靚太C溫柔地回應：「咁形容寶石colour嘅名都好靚吖…… 紅寶有『鴿血紅』，藍寶有『Royal Blue』，翡翠有『帝王綠』。」

她的珠寶知識深得奶奶灌輸，這些寶石中最美色澤的「專名」，自然琅琅上口。

前方有點堵車，在慢車行駛時，我告訴她：「但我哋行家，好少用『帝王綠』呢個字，嚟形容翡翠中最靚嘅綠色。」我向她指出，所謂的「帝王綠」，就是我們行內人説的「正色」。（正：正宗的「正」）

甚麼是「正宗」的綠色？勉強用言詞描述，就是生長在春天，被春雨滋潤過，被春風芳薰過，被春光暖照過，糅懷了水份、光彩和生命的綠葉般的「綠」。這種翡翠中最美的綠色，充滿了生趣和靈性。別説文字難以形容，就連相機也未必捕捉到她的本色。

親眼欣賞過，才明白這種不深不淺，不偏藍、不帶青的「正綠色」，根本沒法被一個形容詞概括。以「帝王」來專名這綠色，不適宜之餘，更扼殺了翡翠瀲潤靈秀的本質。

所以，雖無法反映這種「綠」的美，但為了不沾污翡翠婉柔溫雅的格調，愛翡翠的人只用「正色」，來稱呼翡翠中最美的綠色。

但是翡翠要面向普羅大眾，為她「最美的綠」起一個霸氣名字，也是有實際需要。這個「帝王綠」，縱使通俗，卻讓人懾服了。

車子拐彎後到了藝廊，靚太C請我稍等一會，說很快就回來。

下車前她調皮的說：「今日有免費車坐，仲增長埋知『色』，等我搵間餐廳同你食dessert啦，當慰勞你！」

記得「甜品」係我最愛，靚太C果然細心體貼。佢嘅本色，咪就係SWEET囉！

翡翠正宗的綠色，是如綠葉一樣，涵養着光彩水份、充盈着生息。

陰謀論

闊太R的奶奶，早前在家滑倒，家人大為緊張。事關老人家跌一跌，後果可大可小。

幸好入院檢查後，一切正常，證實虛驚一場。

「奶奶成個人跣低，咩嘢傷都冇，只係撞爛咗隻玉鈪……」R表示，事後奶奶頻說是「玉鈪」替她擋了一劫。

姑勿論是否「玉鈪」的神奇力量庇佑，總之老人家無恙就好了。

闊太R續說，奶奶雖無大礙，但戴了多年的玉鈪爛了， 難免悶悶不樂。

所以問我這個「玉」女：「你手上有冇靚玉鈪，我想搵返隻畀奶奶……」

玉鈪從來難求，霎時間我手上也沒有合適的，但我醒起R說過她的奶奶，曾在某店看中過一隻玉鈪，R更發過照片問我意見。

印象中那隻玉鈪質色均好，加上她奶奶又喜歡，我便反問她何不趁這時機買下。

原來R早有此心，只是再到店內洽問價錢，玉鈪加價近倍了。

「我覺得間舖好唔老實囉……無端端加價咁多，一定是知我想買才坐地起價啦！」她的說法，帶着陣陣「陰謀論」的氣息。

站在同業立場，我敢說這件事跟誠信無關，原因是玉價跟金價、鑽石價一樣，會不時有所調整。

不過金價會每日公佈，鑽石價就定期有 Rapaport（鑽石價格表）發放，兩者清晰透明，消費者易於知悉。而「玉價」，就多是行內人才清楚走勢。

玉石價格會隨原料批發、供應多寡、市場趨勢和交易近況等影響而變動。

在頻密的交易中，行家們會注意到玉石價格的波動，當然會對手上玉石的售價作相應調整。

「即係好似你放盤賣樓咁，若果你個盤附近嘅新成交價高咗，你都會調高啲個『放盤價』啦。」

身為「大業主」的R，對樓市運作瞭如指掌，我這個比喻，叫她欲辯無話。

「啱家啲玉價不停升，對方加價追貼返個市，又點可以話唔老實呢？」叮！R的「陰謀論」被我完美K.O了。

玉價相對於金價和鑽石價，確實是較難掌握。但又正因如此，才帶來「尋寶」的機會。

因為人人對價格的敏感度不一，市面有機會出現價值已升，但售價未調整的玉石，「尋寶之旅」就得以展開了。倘若尋寶有收穫的話，「興奮指數」分分鐘高過買到隻限量版birkin啊！

皆因我喜歡去玉石店尋吓寶，咁就畀人誤會我，成日掛住行街shopping不務正業，其實幾冤枉囉！

但啲人要抹煞我嘅事業心，我都冇辦法，只能講句「清者自清」。

咩話？啱啱見到我响Hermès行出嚟？點解釋？Er……er……我盪失路，入去問路啫嘛，嘻嘻！

翡翠價格變動需要自己去掌握，不像金價或鑽石價等有官方發佈。

男人不該讓女人流淚

離港數月的中女A，幾日前回歸。在異地被逼日夜食西餐的她，約了我出來飲茶，說要一解「鄉愁」。

一輪蝦餃燒賣腸粉叉燒包後，我倆又沒頭沒尾的聊起近況。

中女A笑指我近來的專欄，穿插了不少情情愛愛，似 「愛情信箱」多過「翡翠教室」。

「專欄內容要多元化，你唔識㗎嘞！」我一邊將叉燒飽夾在她的碟上，一邊扮權威的說。

中女A橫視我一眼，然後抿着嘴說：「『懶』叻咁，考吓你嘞，呢個情況，又點用『翡翠』去講？」

她咬了口叉燒包，再道出問題：「兩個男人，一個外表俊朗，卻人品差劣；另一個樣貌普通，但品格端正，放諸『翡翠』會怎樣比喻，又應該如何選擇？」

聽過問題，我先呷一口雨前龍井，再悠然闡述看法。

比喻成「翡翠」的話，第一個男人，明顯是「雕工靚，玉質差」的翡翠。第二個，便是「玉質好，雕刻『渣』」的翡翠了。

翡翠雕刻大部分工序，要依靠玉匠一雙巧手。經驗再豐富的玉匠，也有失手之時。可是每件翡翠都是獨一無二的，當玉匠工藝不理想，也沒法子在同一件翡翠上重來了。所以一件「靚」玉，遇上雕刻失誤，成品未盡如人意，亦得無奈接受。

相反，一件質地不怎麼好的翡翠，有機會碰上玉匠「福至『手』靈」的日子，在上面展現了巧奪天工的手藝。

這時候，只好苦笑上天總愛捉弄人，鮮花落在……

然而要二選一，我還是要玉質好而雕刻不美的那一塊。因為「好質」的翡翠，永遠難尋。

玉質上佳的翡翠，所展滲出來的那份溫潤水滑、靈動婉柔的「美」，是要歷千萬年造化以形成，斷非俯拾皆是。

反之，經過雕刻的佳作雖然珍貴，但始終不及得天獨厚的美玉般罕有，兩者哪位更可貴，不辯自明。所以選翡翠，豈會貪圖「外表」，而捨棄難得的「本質」呢？

若拿「男人」作例來説，這信條尤要謹守！

因為選錯了一件玉質再怎樣差的翡翠，也不會要你傷心痛苦流眼淚。但愛上一個「人品差劣」的男人，他的無情薄倖，謊言背叛，卻會如利刀一樣，將你的真心直切橫鎅打斜割。

所以，在「品差樣好」與「質優貌拙」之間，我堅定支持後者，選翡翠如是，揀男人更是！

「你嘅問題，我會咁用『翡翠』去講嚟！」語畢，我望着發問者中女A，看她滿不滿意答案。

但見她一言不發，怔怔的盯着那咬了一口的叉燒包，我隱約感到事有蹺蹊……

Oh！No！Sh*t！唔通……但就係當事人，唔識點樣揀！？喂喂喂……究竟係翡翠吖，定係男人呀？

講起選「人品」定「樣貌」這命題，令我想起經典日劇《101次求婚》。

大器是怎樣琢成的

陪靚太C送兒子（我個寶貝契仔）參加同學仔的party，趁接回他前的空檔，我們就去食個brunch傾吓偈。

「契仔才十歲，怎識到這麼多朋友？」我嘗一口伴上黑魚子醬的炒蛋，跟靚太C談及契仔。

她莞爾一笑，靦腆中帶點自豪地說：「這兒子……在交朋友方面，真是有點『才華』。」

知子莫若母，契仔幾歲時，靚太C已留意到他天生有份「親和力」，個性健談開朗，又容易與人相處，預言他將來定是「社牛」。

可能因性格「坐唔定」，契仔的學業成績一向不突出，但靚太C洞悉兒子的天賦所在，不在學習上苦逼之餘，更帶他參加不同課外活動，專注拓展他的社交能力。

「各人talent不同，『因材施教』就是了。」靚太C一邊輕呷着熱檸檬水，一邊分享她的想法。

It's so true！人要「因材施教」，就等於雕琢翡翠要「依石制題」。

雖說玉匠的「創作力量同幻想會嚇你一跳」，但也不可隨心所欲。雕刻前，始終要循翡翠的「形、色、神」這三大方向去制定主題。

一件翡翠原料去蕪存菁後，會切割成或扁平、或狹長、或方厚等等不同形態。而玉匠會依據形態，去構思相合的主題。

例如修長的原料，玉匠多採用翠竹、辣椒或豌豆等，這些外觀與原料形態相似的植物為題材。兩者外形類近，再輔以精巧的手藝，作品就會予人渾然天成的美感。

除了形態，某些主題也需要match翡翠的顏色。

譬如要雕刻神佛聖像，便應該要選擇，給人感覺安寧純潔的冰白翡翠。相反，墨黑色的翡翠滲帶威嚴，題材是勇猛的獵鷹或老虎，便相得益彰。

主題除要融入「形」、「色」外，翡翠蘊含的「神韻」亦要兼顧。

不少翡翠帶有花紋，紋理散發出的feel，可以是揮灑有勁的「動」、又或是凝定含蓄的「靜」。這「動」、「靜」的氣息，也就是「神韻」。

要傳遞出翡翠含蓄的神韻，題材必需要掌握精準。 Pattern予人動感的翡翠，選騰龍奔馬、飛鳥游魚等做主角，可表現當中躍動的力量。

平湖扁舟，或者深山孤寺這些主題，施在靜感的翡翠上，則能夠帶出幽寂空渺的氛圍。

人人都說「玉不琢，不成器」，可是不懂選題來配合翡翠天生之姿，再費心雕琢，始終難成佳作。

栽培兒女也類同，漠視或扼殺了他們的專長，再硬塞一堆不適合的教育，要他們成器……well……有點難度吧！所以，一個人或一件玉成不成器，雕琢的人責無旁貸。

這方面，靚太C可以放心，佢讓仔仔嘅天賦發揮得淋漓盡致，「問責」？唔會有佢份囉！

小孩子和翡翠一樣，各有天賦和長處。若想成就大器，一定要懂得讓他們發揮。

Chapter 2 翠味人生

那跌宕迴旋的路軌，是讓過山車演奏的曲譜，

懷抱城堡內外的悲喜人生，上演一幕幕縈繞心頭的樂章。

情豆心種

在結果之前，哪朵花、哪段情，不經歷過風雨？

就像阿嵐和阿飛。

阿嵐是醫學院的尖子，阿飛是個小農夫。世俗眼中不匹配的一對，偏牽繫着月老的紅線。

掌上明珠情歸一個佃農小子，阿嵐父母難免反對，但她思想自主，性格獨立，父母的阻撓，又怎會動搖到她對阿飛的愛？

「嵐，我這次又失敗了……」

阿飛正研培一種新品種的荷蘭豆，然而多番嘗試也沒突破，這次也如是。

「你是又成功證實了一個不行的方法啊！」阿嵐從來是最懂開解和鼓勵阿飛的人。

在阿嵐畢業那年，阿飛用積蓄買了一件翡翠吊墜給她作賀禮。那是一件小小的荷蘭豆雕件，形態飽滿、色澤翠綠如真正的荷蘭豆。

阿飛為阿嵐戴上時説，翡翠荷蘭豆結實鼓脹，寓意內裏藏着豐碩的財富。「我一定會出人頭地，日後給你最好的生活。」阿飛對她如此承諾。

倚在阿飛懷裏的阿嵐，深信阿飛的每句話。這不止因為那一往情深的愛，而是阿飛憨厚務實的品性，讓她堅信不疑。

阿嵐有感阿飛的品格，竟與翡翠的特質有幾分相似，因此，令她對這份禮物倍加鍾愛。

接下來的日子，阿嵐在醫生的路上前進。可是阿飛卻原地踏步，荷蘭豆的培植，了無進展。

有次失意心灰，阿飛自愧耽誤了阿嵐的人生，竟提出分手。

但阿嵐深明原由，狠狠罵醒一時落泊的阿飛：「耽誤不耽誤，是我説了算！別再胡思亂想，用心把豆子種好就是！」

她還從衣領端出阿飛當日送的吊墜，叫他別忘了那時的承諾。

阿嵐堅貞不渝的愛，陪伴阿飛克服了無數的失敗，終於成功培植出新品種的荷蘭豆了。

這新品甫推出市場，更旋即廣獲好評，各地買家紛紛爭相引入，數年之內，阿飛的事業以幾何級發展。

昔日埋頭耕耘的無名小子，成了同業口中的「荷蘭豆大王」，而已成為他妻子的阿嵐，也被譽稱「荷蘭豆夫人」。

一個春風輕拂的早上，夫妻倆把臂在自家莊園的小山丘上散步。阿嵐忽地問：「飛，你知道翡翠荷蘭豆除了『金銀滿滿』的瑞意，還有別的意思嗎？」

阿飛搔搔頭，表示不知。

「它還祝福戴着的人『有兒有女』……」阿嵐面上，帶着意味深遠的微笑。

阿飛方想回應，卻突然似有所察的急剎腳步，轉面定睛望着愛妻，用一雙瞪得大大的傻眼問：「真的？是真的嗎？」

只見阿嵐嬌羞的點頭，然後抓起阿飛厚實的手，輕放在自己的肚子上，甜喜的説：「我這一粒荷蘭豆，你也要好好照料啊！」

荷蘭豆是翡翠雕刻的熱門題材，她圓卜豐潤的外形，讓人聯想出不同的瑞意。

一些事一些情

捨棄一件物品，可以有很多理由。但留住的原因，只需要一個，就是一份化不開的濃情。

當陳師奶在廚房準備要炒陳先生最愛吃的豉椒苦瓜時，手腕上的玉鈪無故「鏗」的一聲，斷掉了。

她悵然地望着這隻陪她在廚房「蒸炆燉炒」了半生的玉鈪，慨嘆它還是走到了盡頭。

這隻平平無奇的玉鈪，是五十年前，頭髮仍濃密似草的陳先生，被一個地攤玉器小販，於半騙半哄下花了整個月的薪水，買來送給當年芳華正茂的陳師奶，作為結婚周年的禮物。

當年陳師奶更一度因這隻玉鈪，大鬧板間房，令所有房客都知道陳先生支了薪水，不去買米，卻買了這隻「把鬼」玉鈪來氹老婆。

一晃眼，陳先生的頭髮已掉得七七八八，而陳師奶也變成昨日已開的明日花了。

陳師奶為免驚動在飯廳抓着報紙打盹的陳先生，小心翼翼收拾好地上斷了的玉鈪後，靜悄悄把它放入睡房牀底一個鐵盒中。

盒內，有一疊疊泛黃了的相片，一紮紮褪了色的戲票根，還有幾張寫上綿綿情話的小字條。每一樣，都藏着她和陳先生的甜蜜回憶。

今夜，鐵盒裏又多了一隻斷了的玉鈪。

總愛在晚飯時喋喋不休的陳師奶，這晚突然變得很靜；心水清的陳先生，只不動聲色地，獨個兒把苦瓜吃個清光。

飯後，陳師奶如常在洗碗，陳先生幫忙包垃圾。當他準備拿垃圾出門外丟掉時，在陳師奶身後漫不經心地說：「老婆，你沒戴玉鈪，我看不慣啊！明天陪你去買隻新的吧！」

陳師奶聽到老伴這麼說，原本勤快地洗碗的雙手戛然停住。幾十年來和他相依相守的回憶，一下子像自來水般，嘩啦嘩啦的流出來。

直至水快溢滿盥洗盆，陳師奶才回過神來，慌張的關上水龍頭，然後嬌嗔的說：「買咩啫？我去金舖叫人整返得嘞，成日買買買……」

正想轉身罵老公亂花錢，但經過半世紀「調教」的陳先生，哪會再笨如當年一樣站着被罵？早已施展絕學水上飄，溜出門外丟垃圾去了。

從打開的大門望出走廊，看到頭已半禿的陳先生穿着背心底衫、腳踏一雙人字膠拖的背影，陳師奶感到心頭一熱。

或許是洗潔精跑了入眼，陳師奶的眼眶漸紅，泫在眼角的淚珠，任她如何強忍，還是幸福地掉了下來。

有些東西，即使碎了爛了，情卻忘不了。你又有哪些不捨丟棄的舊物，寫滿了你和他/她的故事？

那些零零碎碎的小東西，每一件都有一個故事。

雙雙對對

一年前，朋友從垃圾桶救了兩隻遭人遺棄的小貓女，問我可會收養。

原意是收養一隻，但見只有掌心大小的貓姐妹，在籠裏依偎磨蹭互舔，此情此景，實在不忍心拆散牠們，所以我最終當上這兩姐妹的媽媽，並給牠們起了名字，姐姐叫「花花」，妹妹叫「珍珠」，現在兩姐妹在我家過着公主般的生活了。

其實別説拆散這對貓貓姐妹，就是生來成雙的玉，我也不忍心分拆給人。

能夠「成雙」的玉，小巧的能造成耳環，這時候她們便可幸福地永遠待在一起。但別的種類，例如花件、手鐲等，就未必人人願意一雙的結緣帶走了。

同父同母的兄弟姊妹，有哥哥比弟弟俊朗，妹妹較姐姐標緻的。玉石之中，亦不時出現這種現象，源出同一塊玉料，不等於雕琢出來的玉器，質素就會一致。人之常情下，質色較佳的一件，自然多受追捧，而商人為滿足顧客，也不介意分開出售。

只是我愛玉成癡，視玉如人般呵疼，如何捨得叫成雙的玉，落得形單影隻的境況呢？

我有過一對玉金魚花件吊墜，玉匠雕刻時巧絕了心思，分開欣賞時，各如一尾活潑金魚；但合放在一起，就現出她們首尾互銜、圍圈相戲的美景。

只是其中一條金魚的玉質碧綠油麗，另一條色彩略遜，因此即使雕刻構思這樣精絕，但人人都只想帶走「靚」的那一條。

然而，念及同玩同游的金魚這樣失伴，我始終於心不忍，所以多年來，每有人問我願不願意讓出一條時，定必婉轉謝絕。

直至遇上一位有兩個女兒的媽媽，説她想物色有意思的玉贈給孩子們時，我即時想到這對玉金魚。

那位母親對玉金魚清麗的玉質一見鍾情，再聽完我細述雕刻的心意後，更加愛不釋手，認定這是給女兒們的最佳禮物。

我仍記得她拿着玉金魚時說的話：「希望她姐妹二人，像這對金魚一樣，此生此世，永遠在對方身邊團團打轉，相伴不離。」

情真意深的清代著名詞人納蘭性德，一闋《畫堂春》，寫有「一生一代一雙人，爭教兩處銷魂」，正是嗟嘆天不成美，常教世間難得成雙的人或物，散別西東，各自傷神。

所以，我既有緣遇到一對小貓、一雙玉石，又有力守護到她們不致分離，哪敢輕易捨棄其一，叫人間多添兩段離愁呢？

幸福，就是身邊有個伴，人是，貓是，玉亦如是。

同一石料雕琢出來的翡翠，若能夠配成耳環，就可以避開各散東西的命運了。

玉子的痕跡

女獸醫L是我家小花貓珍珠的主診醫生。

她染着一頭「楓糖紅棕」色的長髮，穿了兩個鼻環和八隻耳環，兩條手臂盡是精美的紋身。

單從狂野有型的外表，誰會聯想到L是位溫柔細心的獸醫？每次望着她可愛的嘟起嘴仔呵哄珍珠，安撫牠因看病而驚恐的情緒時，所滲出的「違和感」，一下子不易為人所接受。

她除了造型和性格的差異引起了我的興趣，吸引我的還有她用皮繩戴在頸上、那個「崩、花、裂」集於一身的小玉圈。

因為珍珠要定時覆診的原因，我和L漸漸熟絡，有次我終於忍不住開口提議：「醫生，我做玉嘛喎，你個玉圈又崩又花，我幫你搵師傅磨返滑佢啦！」

但她卻說了一個故事，來婉謝我的好意……

原來，玉圈本是屬於她小時候養的一隻橘貓女。橘貓是L的爸爸從親戚處收養的，因為爸爸帶牠回家時，剛巧買了兩包「玉子豆腐」，就隨口取名「玉子」了。

那時玉子只有手掌心大小。L的媽媽見橘貓叫「玉子」，就興之所至在首飾盒中，找了隻便宜的玉圈掛在貓帶上給牠佩戴。

「玉子大膽又貪玩。」L回憶着說。 因為他們家住村屋，玉子多是「半放養」的自由活動。一時牠會爬上樹「觀鳥」，一時又會糾集其他街貓，挑釁養在村口的唐狗。

隨意睡在別人家的露台曬太陽，可說是例行公事；高傲地叼着「戰利品」（老鼠）回來，則叫人最頭痕。日間雖貓蹤無定，但晚上牠一定準時回家陪伴L。

四處闖蕩難免受傷，慶幸從不嚴重，轉眼復元又重出江湖。真正傷痕纍纍的，是牠的玉圈，早已多處崩裂，難復舊觀了。

有時L撫揉着玉子時，發現玉圈又崩了一塊，便會問眯着眼睛在享受的玉子：「你又去邊度玩嚟？」

玉子總是懶得理她，打個呵欠繼續享受奴才的呵摸。

十年前，玉子完成牠探索之旅，返回「喵星」，只留下玉圈給L作紀念。「上面嘅啲，對你係裂痕、係瑕疵。但對於我，就是『玉子』生命嘅痕跡。」L低頭望着玉圈跟我説。

這條痕，是爬樹時刮花的？這個崩位，是挑戰村口的唐狗時留下的？這道裂紋，是抓老鼠時，傻傻地撞上坑渠蓋弄到的吧？

無端記掛起玉子時，L就用手指感受着玉圈上的裂痕和崩位，幻想玉子豐富的歷險情節。

有些痕跡，原來是不能抹走的，就如黑膠唱片上面刻下的音軌。當回憶的唱針輕輕放下，一段段難以忘懷的往事，編化作一首首悲歡離合的樂曲，縫綣心間。

成了「貓奴」的我，忍不住請玉匠訂製一對小貓玉雕。

幸運是我

於1973年，我認識了帶娣。説得明確一點，是因為帶娣老公，我才認識到帶娣。

那時他們已結婚二十多年，連同五個孩子，一家七口住在灣仔某幢唐樓。

帶娣老公在路邊擺檔，販賣四時鮮果。就是在檔口上，我遇到帶娣老公。

原本我是跟着一位在街上叫賣的玉器小販。那年頭賣玉器的小販，會把玉器掛滿身上，隨街遊走叫賣。

客人看中哪一件玉，就在街上討價還價進行交易。沒證書、沒發票，貨銀兩訖，便相忘於江湖。

當時是個玉石買賣隨便的年代啊！

一個特別熱的夏天，玉販叫賣了半天仍未發市。

路過帶娣老公的生果檔時，見西瓜鮮甜，便要了一片來消暑解渴。

就在玉販掏錢的時候，帶娣老公發現了我。

「呢件嘢幾X『骨子』！」他指着我説。(大家別驚訝，那年代的人説粗口很平常)

「老細識貨喎！」玉販將我從身上眾多玉器之中抽出來，遞給帶娣老公看個清楚。

玉販一邊啃着西瓜，一邊向帶娣老公介紹：「呢件『蝠鼠抱壽桃』，色甜種正，雕工『精骨』！」

哈！對我這塊平庸的玉，玉販也可説得天花亂墜。

帶娣老公沒有理會玉販的話，自顧把我翻來覆去的看，然後問玉販：「要幾錢呀？」

「老細，『一舊水』賣俾你啦！」玉販一邊用手背抹去嘴邊的西瓜汁，一邊開價。

開天殺價，落地還錢，兩個都是在街頭混飯吃的人，怎會不知如何交手？在一個裝作不賣、一位假意不買的討價後，帶娣老公最終用七十蚊，結束了我漂泊街頭的生涯。

當時，一個西瓜賣三元。

我正式出現在帶娣面前，是在他們一家七口擠在摺枱吃晚飯的時候。

兩個年紀較小的兒子，因對我好奇而吵鬧起來，要搶我過來把玩。

「咪)(多手！送俾你哋老母㗎！」帶娣老公責備他們。

然後他將我和一封利是，放在帶娣的面前，粗聲粗氣的説：「喂，賣玉嗰個話呢件嘢叫咩『蝠鼠壽桃』，今日你『牛一』呀，戴住佢啦！」

自此，帶娣就成為了我的主人。作為一件七十蚊的玉器，我被她過份地珍重。

帶娣的孩子們長大後，送給她的名貴珠寶，不過隨手一件，也足以讓我無地自容。

但當這些珠寶一件件被冷落在保險箱時，只有平凡的我，仍然受帶娣寵幸，每日陪伴着她。

我本是地下萬玉千翠的「其一」，卻因為人間一份平實的愛，令我變成了世上千金不換的「唯一」。

生而為一件託負了愛的玉器，我，是幸福的。

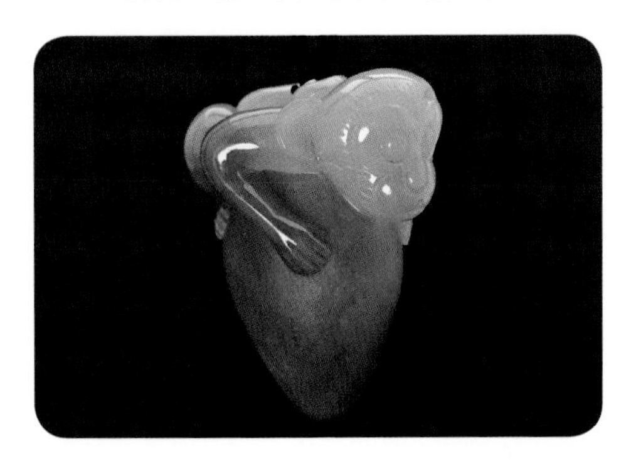

「桃」寓意長壽，配上猴子的名為「靈猴賀壽」，若襯有蝙蝠的則有「長壽多福」之意。

惜緣

正月十五元宵節，也是中國的情人節。

情，離不開一個「緣」字。有緣千里能相會，連碰面的緣份也沒有，講甚麼愛情？

人和人有緣；人與物都有緣。

有些翡翠店會把已售出的翡翠，稱為「已結緣」，這種說法在我剛入行時未有，應該是這十年才開始。

喜愛翡翠的人，也會頗為同意這個稱謂。試過和一件合眼緣的翡翠失之交臂，便會明白沒有「惜緣」的悔恨。

同一塊原料打磨出來的翡翠，她們之間也會存在輕微的差易。例如大小、厚薄、種質、顏色深淺等，更不用說雕刻的工藝。

這些分別，讓每一件翡翠都成為the one and only。

我曾經遇見過一件如乒乓球般大小，紅皮白心的翡翠。玉匠精巧的把她雕刻成剝了部分皮殼的荔枝。原料紅色的部份，細緻地雕刻了荔枝皮的紋理，白色的地方因為玉質油潤，真的恰如白滑多汁的果肉，像真度達99.9%。

若被愛吃荔枝的楊貴妃見到，即使咬崩牙齒，都會忍不住想嚐一口的。

可惜剛入行的我，輕視了這一面之緣，沒有把玉荔枝握在手裏不放。

當時輕言離別，我和這顆玉荔枝的緣份也盡了。

從此山長水闊，哪知她現在落戶誰家？日子過得愉快嗎？

之後再見到的荔枝作品，原料總是配合不上，不是皮不夠紅，就是肉不豐盈，永遠及不上當初見到的那一顆。真是「但凡未得到，但凡是過去，總是最登對。」

現在每次品嘗荔枝，便不期然想起這段憾事，那份「只怪當時年紀少」的惆悵，依然會縈繞在心頭。

有經歷才有話語權，連每日不停在翡翠行內穿梭看貨的我，都續不到和那一顆荔枝的緣份；其他人若果錯過了喜歡的翡翠，又怎可能再尋回呢？

所以每每有人問我這件翡翠好不好時，我總會在「以貨論貨」的立場理性分析後，再反問對方：「佢有冇令你食唔落飯？瞓唔着覺？成日神不守舍？」

如果答「有」的話，恭喜你，你已經墮入愛河了。而愛，最不需要的，就是理性分析。

莫名其妙的遇上了，澄如止水的心動了，就要大擔去 take your move。

妙不可言的緣份要你見到喜歡的翡翠、碰上鍾意的人，怎可以還紋風不動？

別當自己是辛棄疾，走返轉頭時，人家一定在「燈火闌珊處」等你啊！趁那件翡翠還在櫥窗，趁那位有緣人還在身邊，action now！

栩栩如真的翡翠荔枝雕刻，是對玉匠手藝的一大考驗。

如願

讀四年級的吳詠思是個短髮女生。

校規訂明長髮的女生要梳辮上課，但她小手硬拙，辮子扎得歪斜鬆垮，甚是難看，於是她索性剪個「男仔頭」了。

雙手不靈巧，不止辮子梳不好，連勞作也不堪入目。

這日美勞堂，Miss Chan教同學織中式繩結，用來吊着一粒波子大小的膠珠作頸鏈。她一邊示範，一邊介紹這種手藝的小知識。

「中國繩結多含有寓意，今日織的平安結，就有『大賜平安』的意思。」她說。

Miss Chan更展示着自己戴着的玉葫蘆吊墜來講解，她說：「老師這個玉葫蘆代表了『健康』，我在上面再加織個平安結，就有了『健康平安』的祝福了。」

早因手工不濟而對美勞堂失去興趣的吳詠思，這一天卻很專注，她用生硬的小手，笨拙地跟從着老師教授的編織步驟。

這裏穿過去……那邊繞上來……縱橫交錯的織繩，令吳詠思小眉緊皺。正當她以為兩邊繩頭一拉就行，誰知膠珠卻掉了下來。

唉！她嘆了口氣，把結拆開，重新來過。這樣子織織拆拆，幾經艱辛，「平安結」終於織成，膠珠也穩穩的吊好了。

吳詠思有別於平常的表現，引起Miss Chan的注意，就在下課時問她，是不是對繩結有興趣？但吳詠思卻搖了搖頭。

「但你今日很用心啊，一定有甚麼原因吧？」Miss Chan半好奇半關心的追問。

吳詠思遲疑了一下，才小心翼翼從衣領抽出一隻玉葫蘆。原來她跟Miss Chan一樣，戴着一件玉葫蘆吊墜，不同的是她的玉葫蘆，只簡單用一條黑繩穿着，沒有任何飾結。然後她羞怯的向Miss Chan說，想學老師一樣，將平安結織在玉葫蘆上，再轉送給媽媽戴。

「啊！是當媽媽的生日禮物嗎？」Miss Chan猜想她用心的原因。 吳詠思又搖頭否認，用幾乎小得聽不見的聲音回答：「媽媽經常生病要入醫院……這個……老師說這個……會帶來『健康』和『平安』嘛，所以……」

Miss Chan聽到這裏，已明白吳詠思的用心了，但倏然知道她媽媽的事，一時間叫她說不出話來。剛好下一課的上堂鐘聲響起，吳詠思要回去上課，於是匆匆向老師敬個禮，就快步離開了美術室。

目送吳詠思在走廊的拐彎處消失後，Miss Chan才掩上美術室的門，回到教室為同學呈交的平安結評分。這個配色有創意，給「B+」；這個手工精細，值得拿「A」……她熟練地按準則寫下分數。

就在拿起吳詠思的平安結時，一陣悵然緊攥心頭，令Miss Chan遲遲未能評分。一個用孝心編織的平安結，要怎樣打分數呢？

她從教室望着外邊明媚的晴空，暗暗為吳詠思許了一個願，願這個學生的玉葫蘆和平安結，真能如我所說，給她媽媽健康平安……

玉配襯樸實的織繩，不單止可顯出玉的溫潤，更暗含一份祝福。

奇妙動物園

三日後的星期天，是葉娉婷的十歲生辰，爸爸承諾帶她去「兵頭花園」看動物慶祝。

受爸爸濡染，她自小喜愛動物，知道生日可以去看動物後，雀躍不已。

葉爸爸獨自經營一間裱畫小店，一家三口前鋪後居，為着生計，一年中只在新春休業幾天。為了星期天可以跟女兒慶祝，竟決定休息一天，連妻子也感驚訝。

「阿葉，拍硬檔吖，星期一早上趕起俾我啦！」就在星期六傍晚將要關店時，一位熟客拿着兩幅字畫，請葉爸爸替他裱裝。

在熟客苦苦央求下，他不好推卻，只得接下委托……這意味星期日看動物的節目要取消了。葉娉婷雖然失望，但她沒有「扭計」，反正以往她的生日，也沒有慶祝活動。

生日當天，她重複千篇一律的星期天節目。吃過媽媽煮的早餐，便玩玩洋娃娃、看看卡通片。葉爸爸則在前鋪，埋頭苦幹趕製客人的畫框。

有幾次，葉娉婷偷偷從分隔鋪面與居所的簾子窺探，奢望爸爸已完成手上的工作，趕得及帶她去看動物。

當夕陽染紅了鋪面，慶祝活動鐵定落空，葉娉婷在沙發上不知不覺睡着了。

「娉婷、娉婷……」葉爸爸搖醒在睡夢中的女兒。

葉娉婷揉着惺忪睡眼，在半夢半醒之間，被爸爸拖着手走到鋪面。

當看到爸爸工作的大長枱上，放滿他一直深藏於高櫃，珍而重之的玉石動物雕刻時，葉娉婷不禁瞪大眼仔，瞬間醒過來了。

「我哋去睇動物嘞！」爸爸牽着她的手，走進這個與別不同的動物園。

眼前一群精靈的馬騮仔，披着碧綠的皮毛；捲着鼻子的大象，竟然是半透明！金黃色的老虎一點也不嚇人，嘴巴還叼着一個銅錢。

鸚鵡羽毛的顏色最豐富，紫混綠又帶上黃。一對小鴛鴦在模仿牠嗎？為何顏色那麼相似？還有一匹冰般晶瑩的馬兒和橙啡色的梅花鹿在追逐奔跑，但牠們腳下卻不是青草地，而是天上的雲呀！

色彩悅目、形象奇趣的玉石動物，讓葉娉婷目瞪口呆。

在女兒看得入神之際，葉爸爸拿起一件赭紅色的玉龍說：「動物園見唔到『龍』㗎！」

他把玉龍放在女兒的手上，抱起她舉在半空轉圈，說要騎着牠去環遊世界。

在葉娉婷咯咯的笑聲中，飄來陣陣媽媽烹調的飯菜香氣……

長大後的葉娉婷，陪伴雙親參觀了不少著名的動物園。

只不過，還是十歲生日那天，爸爸帶她遊歷的玉石動物園，最讓她銘記難忘。

夢幻奇妙的翡翠動物園，
怎會不讓人樂而忘返？

愛在心裏玉能言

李靜從小活潑好動，為求釋放她過人的精力，父母就讓她上跆拳道班。

本意想宣洩一下女兒的體力，怎知她學來興味盎然，投入又認真。所以，縱有三姑六婆説女孩子「郁手郁腳」有失斯文，但父母還是讓她學下去，一學就十多年了。

李靜一直贏得不少比賽獎牌，教練認定她是可造之材，建議她到海外接受更全面的訓練，成就將會更大。但父母苦惱至少要五年的訓練，學費食宿開支頗大；再者獨女離家受訓，也讓他們忐忑擔心。

李靜自己嘛，當然渴望可以出外見識，但免得雙親為難，只一直表露「無所謂」的態度。

「阿靜！」這日訓練結束，李靜梳洗後離開體育館，剛走出大門，便聽到爸媽坐在館外長椅揮手喊她。

小時候，爸媽總會坐在這長椅，等待上完拳班的李靜。矮胖胖的她會揹着那個比她還大的背囊，笑着的踉蹌走到他們面前。這一幕今天重演，但李靜已從嬌小可愛的小女孩，變成亭亭玉立的美少女。

正好奇父母為何突然出現，但見他們在長椅中間騰出空位，叫她坐下來。才剛坐好，媽媽就把一個繡花織錦袋塞進李靜的手裏，示意她打開看看。

見父母神秘兮兮，李靜不禁撅起小嘴，心想他倆要跟她開甚麼玩笑。

「快啲打開佢啦！」爸爸像個小孩般，心急的從旁催促她。

李靜小心翼翼的拉開錦袋，抽出內裏一件彈珠般渾圓大小、質色透亮如蜜的黃色翡翠，上面雕刻着一隻神情威凜的老虎。

「嗱，係你爸爸要揀老虎送畀你，唔鍾意唔關我事㗎！」未等李靜弄清情況，媽媽已發出「免責聲明」。

爸爸聞言急忙反駁：「係你話擔心阿女喺外邊受訓，要買件玉保佑佢先安心……仲話老虎保平安，我先揀玉老虎咋喎！」

見爸爸將責任卸來，媽媽立刻拌嘴還擊：「唔係喎……係你話希望阿女訓練唔好整傷，要似老虎咁壯健！你仲喺個sales面前笑個女：『老虎啱我個女，佢似老虎乸咁惡！』。你唔好唔認呀，我聽到晒㗎！」

大妻倆唇槍古劍的耍起花槍來，就是不肯老實告訴女兒，內心的不捨和思念之情。

愛在心裏口難言，但透過這件父母為自己挑選的玉，李靜聽到了他們殷切交付給老虎的「任務」：「老虎啊，請你時刻保佑我哋阿靜，無災無禍、平安健康……」

不言不語的玉，總藏着人世間的千言萬語。大愛無言，惟有用心，方能聽見。

老虎威風颯颯，託負了精壯剛健、奮勇無畏的祝福。

菱為玉醉

回到家的張菱，只亮了玄關的小夜燈。晚飯時收到的禮物，隨手放在鞋櫃上，隨即脫掉穿了一整天的高跟鞋，赤足走進客廳，軟倒在沙發上。

眼角餘光掃過仍放在鞋櫃上的禮物，那著名珠寶店標誌性的紅色紙袋，在昏暗中份外耀眼。

禮物是一對鑽石耳環，然而鑽石不是張菱的杯中茶。因此收禮物時那稍欠熱情的道謝，讓送禮的裙下之臣略感失望。

凝視着那設計精美的紅色紙袋，張菱從長長的記憶思緒中，牽動出一隻紫裏透紅的「玉菱角」。是它，令張菱對鑽石沒有憧憬。

「玉菱角」是一個叫譚志明的男生所送，他是中六時從別校轉來的預科生。

志明熱愛中國的文史哲，平日總是拿着艱澀的古典文學在研讀，言談間會搭上幾句詩詞。要不是他性情率真友善，張菱才難以跟整天談詩論文的他交朋友。

某日，志明在翻閱一部古詩集時，對張菱說：「我喜歡你的名字——『菱』。一種長着白色小花的水生植物，果實清香怡人。寫得好的詠菱詩有不少，例如……」

張菱不記得他背誦了誰的詩，但從這日開始，她喜歡以中文名字來自我介紹。

高考前夕，同學都聚在自修室作最後衝刺。某個小休，志明在書包中，拿出一條穿着一隻小小紫玉菱角的手繩，送給張菱。

「這是紫玉雕成的『菱角』，即是『菱』的果實。」志明向第一次接觸「玉」、兼不知「菱角」是甚麼的張菱說。

他訴說玉雕菱角的各樣寓意，又談起玉的歷史背景和文學形象，最後更譏笑那些鑽石商，厚顏地把刺眼眩目、招搖擾人的鑽石來代表「愛」。

「一首好的情詩，必定通篇見不到一個『愛』字。因為在感情細膩的詩人眼中，『愛』是內斂溫婉、低調綺麗，只能感受而不可明言。哼！『鑽石』哪是這個模樣？『玉』才是啊！」他以詩詞的境界，定論「玉」才是愛的象徵。

不知是受志明這番話影響；還是那玉菱角的巧美，張菱的心，就如此被「玉」佔據了。

有些人驟然出現，彷彿只為了在你的心魂深處，留下一份昭示愛的寶貴禮物，然後便悄悄地翩然離開。

他們考進不同的大學後，就各自展開了新篇，漸行漸遠漸無書，最終彼此失去了聯絡。

但志明的玉菱角，已教張菱喜歡上玉，教她從此懂得世間的「愛」，應如玉般溫柔精緻，情深意重，獨有而唯一。

張菱閉上眼睛，任關於她和志明的回憶，在這夜隨風翻飛。那份鑽石禮物，仍然冷落在鞋櫃上……

玉菱角贈給求學的人，寄寓「聰明伶俐」；送給心上人，就有「同生同心」的情意。

得失榮枯

我是一件冰透的玉豆吊墜，大小如含苞未放的白蘭花，幸運地遇到一位懂玉惜玉的主人，我愛暱稱她做「媽媽」。

基本上，我和媽媽有影皆雙。但當她去銀行保險庫的時候，我就知道接下來的重要任務，是我擔當不起的。

保險庫內住着我一個「疏堂」表姐—「翡翠蛋面吊墜」。表姐比我大得多，不是年紀，是體形啊！

她體態脹卜飽滿，色澤濃綠油亮，玉質清透水潤，不費吹灰之力，就能將人們的目光懾住。媽媽每有重大場合，都是由她壓陣的。

我不知道表姐的身價，只肯定比我高出萬倍。身價不菲的她，當然要住在保安嚴密的保險庫。

這日傍晚，媽媽花了兩小時精心裝扮，在全身鏡前搖曳顧盼，從髮式、妝容、衣服到鞋子，皆襯得美絕。

唯獨我，在盛裝下顯得格格不入。

所以當她將我安放在梳妝枱上，換上「表姐」出場後，一切便堪稱完美。

晚上，媽媽就携同表姐，一起出席城中一個隆重宴會。

凌晨時份，媽媽回家了，她的開門聲把我從睡夢中吵醒。已微醉的她小心翼翼的把「表姐」除下來，輕放在我身旁，才走進浴室卸妝梳洗。

從表姐身上芬馥的酒氣，我幻想今晚宴會的盛況，可能還惺忪未醒，竟酸溜溜地嘟囔了一句：「表姐，我好羨慕你……可以去這些高級宴會啊！」

我懊惱自己的失言，以為一定會讓表姐訕笑的時候，誰知她淡然的回應我：「表妹，有甚麼好羡慕呢？我生來尊貴，自然屬於這種地方……」她頓了一頓，突然帶點感觸的續說：「但當中的代價……就是長年住在冷冰冰的保險庫呢！」

一直以來，我只注視表姐讓我羨慕不已的高貴尊榮，哪知背後有甚麼「代價」？

表姐用身為翡翠的睿智向我解釋，世間凡有「得」，必然有「失」。

好像出生高貴的她，是可以見盡衣香鬢影的盛宴，卻要長守在保險庫內。而生來平凡的我，雖與奢華宴會無緣，但可以欣賞春花秋月的日常美景。

「傻妹，我同你都各有得和失，根本沒有值得『羨慕』的地方啊！若然你只會渴慕別人所有，最後，就會連自己擁有的快樂也失去……」表姐如是説。

此時媽媽剛好梳洗完了，從浴室走出來，我倆的對話只好倏然結束。

這一夜，我難再入眠，心中不斷重溫這些年和媽媽的相處點滴，感恩自己擁有的一切，而那些得不到的，已經不再重要了。

翡翠如人，也有自己的得失樂苦，又何必羨慕他人。

在爸爸背上看風景

一個下雨的星期天，不用上班的盧強，把自己多年來贏取的賽跑獎牌，逐一拿出來抹拭。對於自己可以馳騁於田徑場，盧強還是會感到不可思議。

在十二歲前，盧強有個花名—「孱仔強」。體虛易病的他，莫説跑步，走快幾步也氣喘。

兒子三不五時就病倒，身為父母的，要費心照料外，也得為診金節衣縮食。日子雖然過得勞累惆悵，但也從未對盧強有過絲毫怨言惡色。

他們一心希冀的，只是兒子身體安康。

某日，一個「沙煲兄弟」告訴盧爸爸，大嶼山有位隱世高人，獨門法寶是雕青牛玉牌，據説戴了可保健康。他謂「高人」分文不收，「靈」固然好；「不靈」也無損失，故一試無妨。

盧爸爸亦不猶豫，翌日便帶上盧強造訪高人，希望真能「玉」到病除。

那時的大嶼山還未發展，經過一番舟車勞頓，父子二人才來到高人隱居的山腳下。按「沙煲兄弟」的指示，沿斜路上山，約走一小時便到達高人住處。

雖説當日盧強身子稍好，但爬斜坡還是感到吃力，只是他難得與爸爸外出，就強裝從容跟着走。

盧爸爸又那會不了解兒子的體質，他在一影樹蔭蹲下來，拍拍背説：「強仔，上來！爸爸背你看風景！」

盧強知道父親的用心，本不想他辛勞，奈何體力又實在不支，只有要爸爸受苦了。

在越走越斜的山路上，爸爸的呼吸聲漸行漸重，豆大的汗珠從髮尾不住流出。甚麼都幫不上的盧強，就用小手替父親擦去汗水，他還在心中虔誠祈求，自己要身體健康，這樣就不用再令爸爸操勞了。

不知是高人所贈的青牛玉牌靈驗，或是盧強的孝願成真，那日之後，他的身體竟日益強壯，到讀中學時，還成了一名賽跑健將。盧爸爸歸功於青牛玉牌的神力，叮囑兒子這個護身法寶，一定要時刻傍身。

盧強亦確是「玉不離身」，可他並非迷信，而是因為這塊玉牌，印刻了父親背上他，辛勞地走過斜長山路的回憶，朝夕提勉他要好好養練身體，免得病倒又成為父親的負擔……

念想往事，盧強不自覺端詳起項上的青牛玉牌。那青牛健碩壯實的體魄，曾是昔日「孱仔強」的夢想；而今日，他的身形已跟青牛不相上下了。

雨勢忽然轉大，雨點肆意敲打着玻璃窗。這時盧爸爸傳來一則WhatsApp，寫道：「強仔，今日下雨，出外記得帶雨具，還要多穿件風衣，別着涼啊！」

再壯健的牛，在父母心中，始終是隻需要舐舔的小犢。

翡翠牛雕寓意着「精勤奮進」，我身邊有不少創業人士，愛放一頭在枱上，惕醒勉勵自己。

再度重遇你

快將入「五」的黃華寶，經過幾年操練，參加了人生首場馬拉松比賽。

在賽程還剩5公里，體力已大耗的他，只靠意志挪動雙腳，力求撐到終點。

這時一位陌生跑手追了上來，並排之際激勵他說：「師兄，頂埋佢呀！」

累極的黃華寶，只能下意識望一望對方，艱難地擠出一個笑容來感謝。

這隨意一望，映入眼中的是對方身上，那一件隨步韻跳彈着的翡翠吊墜。翡翠獨特的形狀，叫他不由自主想起一個人 —— 梁天澤。

將近四十年不見的舊鄰居，有可能在過萬人參加的馬拉松遇上嗎？黃華寶沒法肯定，只是對方戴着的翡翠吊墜，卻支持了他的想法。

那是一件雕刻成類似標點符號「逗號」的翡翠。在黃華寶長大後，才無意中知道，這個樣子的翡翠雕刻，叫作「勾玉」。

「勾玉」形的雕刻不常見，至少多年來，黃華寶只見梁天澤一個戴過。

小時候，他和梁天澤在唐樓走廊，玩超人遊戲的時候，這「勾玉」是一件無比重要的道具。

梁天澤每當要變作超人，便會拍拍掛在胸脯前的勾玉，再大叫一聲：「變身！」，收拾怪獸的超人便「啊」一聲出現了。

黃華寶沒有勾玉，變不了超人，所以只能扮演怪獸。他曾為了要當超人，央求媽媽買一件翡翠給他，結果當然是被拒絕。

如此這般，每次梁天澤憑「勾玉」變成超人，都叫他羨慕不已。

直至他們十歲那一年，唐樓被收購清拆，鄰居們無奈各散東西，超人和怪獸亦從此失聯。

黃華寶為了求證，一直緊趨在那位「疑似梁天澤」身後，隨着先後跑過終點，還在叉腰緩氣的黃華寶，決定放膽一喊：「梁天澤！」

當那位跑手聞聲轉身時，黃華寶知道，怪獸和超人真的重遇了。

梁天澤一臉疑惑的望着黃華寶，努力在記憶裏尋找眼前這個男人是誰時，黃華寶做出了怪獸張牙舞爪的動作。

是他！是那個扮演怪獸的黃華寶啊！梁天澤也認出了這個兒時朋友。

但這難以置信的事，讓他一時不知所措，只錯愕的張大了嘴，呆呆站在原地。

望着裝出怪獸舉動的黃華寶緩緩走近，往日在走廊嬉鬧的片段，一一湧現心頭。梁天澤也心領神會，拍拍身上的「勾玉」，叫出那一句久違了的「變身！」來回應。

兩個大汗淋漓的男人，在跑手群中相認相擁了……

歲月讓我們臉蒙塵、鬢添霜，叫人間幾多舊友闊別後相逢，卻不再相識？

惟幸翡翠不會變，只要身上翡翠仍在，重遇一定能相認。

「勾玉」這種不常見的翡翠雕刻，能讓人一見難忘。

釵情尋

文萱在天街北門的柳樹下，等待她的意中人。

初春傍晚的東風猶帶峭寒，但元宵燈會遊人如鯽，寒意也欲進無從。不過文萱還是將玉方牌緊攥在手心，生怕那玉會着了春寒似的。

「姑娘，這玉牌叫『平安無禍』，有心上人嘛，送給他保平安就再好不過了。」

是玉店掌櫃的介紹，讓文萱放下自己心儀多時的玉髮釵，改買這個意喻「平安」的玉牌。

「兩天後正是元宵燈會，就趁佳節給他吧！」掌櫃點訖銀両，不忘為她獻計。

月兒悄悄爬上了柳樹梢頭時，燈會中萬盞綵燈已如繁花璀璨。

絢麗的魚龍歌舞配上喧天鼓樂，還有考腦筋的燈謎競猜，令遊人意興和燈會氣氛逐漸熾熱起來。

然而文萱尚是個局外人，只因「他」人還未到，這些熱鬧又與她何干？

難道他記錯了地點，去了竹林旁等？或是文萱擺了烏龍，是在南門相見？

遲遲未現身的他，令文萱心神不安，玉牌子不自覺握得更緊，小手也發痛了。

又再等了半個時辰，文萱終於按奈不住，「別管了，去找他吧！」

在遊人擠得水洩不通的大街上，文萱獨個兒往來尋覓，她左顧右盼，前瞻後望，祈求能發現到他的身影。

嬌小的她已被遊人擠撞得髻散鬟亂，連綉花鞋也讓人踩得扁殘灰敗，終在第百次回望時，文萱找到他了！

他在一條昏暗的小巷裏，低頭彎身，忽東忽西朝地上探看。連文萱站在巷子口，他也不曾留意。

幾經折騰終找得着他，文萱又喜又氣，待得心緒平伏，方能幽幽的問得出一句：「你……為何不來？」

文萱驀現眼前，叫他吃了一驚。腦袋空白良久，才懂得似個犯錯被抓的孩子般疚歉回答：「我……我……不是不來。我掉了……掉了髮釵，找……不回來。」

聽罷，文萱又是惱又是憐，跺着腳嬌聲嗔責他道：「你這傻瓜，可先來見我，我們再回來一起找啊！」

見文萱有點生氣，他急忙解釋道：「我不能走開！若玉釵讓人拾走怎樣辦？那是你……最歡喜的……那一支！」

這情急之下的辯解，成了他向文萱的深情表白。兩人也覺臉上一熱，一顆心怦然亂跳……

就這樣，一對情投意合的璧人，在元宵夜這一場小風波裏，無意間互表心迹了。

此際，夜正中深，燈會聲色具臻其極，遊人莫不沉醉當中，唯獨在一條燈火闌珊的巷子裏，有雙情人不為美景所動。他們只自顧自執手並肩，甜蜜地在地上細尋，那支定下彼此情意的玉釵……

成親之後，那傻瓜把這段情事填成一闕詞，還刻在文萱送給他的玉牌背面。

「眾裏尋他千百度，驀然回首，那人卻在燈火闌珊處。」

詞，是這樣結尾的。

在傳統的愛情故事中，玉髮釵是不可或缺的定情信物。

誰把她的衣袖捲起

譚宗良下班後愛乘渡輪。欣賞黃昏的維港，是他繁忙工作裏的一點慰藉。

正眺望被夕陽照得金光粼粼的海港時，幾聲清脆的「哐」、「哐」聲，把他的目光引回船上。

是坐在前排的一個小女孩，手上那隻 綠色小玉鈪，碰到木座椅時發出的聲音。

這「哐、哐」聲，是譚宗良童年熟悉的聲音。

從「小一」開始，他在班上就跟巫小妮同桌而坐。巫小妮手上也有一隻玉鈪，只要她動作稍大，玉鈪就會在木書桌上，敲出「哐、哐」的聲響。

「這玉鈪不停搖來撞去，不煩嗎？」譚宗良曾問過巫小妮。

巫小妮摸摸玉鈪，調皮的回答：「沒有啊，我倒覺這聲音挺好聽。」她像故意要氣他似的，再把玉鈪敲撞在桌上。只因不時要借她的功課來「參考」，譚宗良沒能「發作」。

冬天是玉鈪沉默的時間，在厚厚的長袖毛衣包裹下，碰撞聲就沒了。

一個冷得能呼出霧氣的考試早上，同學等待數學科的梁sir分發試卷。

「哐、哐」，熟悉的聲音突然回來了。

譚宗良自然的望向巫小妮，只見她刻意把毛衣袖捲起，亮出了玉鈪。那露出的前臂，冷得起了疙瘩。

考試時，譚宗良偷瞄到巫小妮不停搓揉手臂保溫，卻硬是不肯把毛衣袖放下來。

「巫小妮，你溫習得腦子進水嗎？明明覺得冷還捲起衣袖？」考試完畢，譚宗良呶着嘴問。

巫小妮瞇起圓滾滾的眼睛，壓低聲線神秘兮兮的答他：「我爸媽説玉鈪會給我『福氣』，這次數學考試我溫習不多嘛……我希望試卷內容，都是我懂的就好了！」

聽了原因，譚宗良忍不住白她一眼，但見她還在搓手取暖，便嘴上一邊嘮叨，手卻一邊從書包的暖水壺中，倒了一杯熱水遞給她。

不知跟「玉鈪賜福」有否關係，巫小妮在數學測驗取得了「92」分。從此，譚宗良也視玉鈪是「神奇寶物」。

接下幾年還是同桌的他倆，總在考試前，天真的向玉鈪「求助」。

當鬥氣時，巫小妮會禁止譚宗良沾她的福氣。但巧合的，譚宗良又偏考得失色，無奈硬着頭皮去哄回她。

那時候，天真單純的他又怎會明白，急着和巫小妮言歸於好，哪裏是着緊成績？全因為不想她生自己的氣啊！

「哐！」小女孩的玉鈪，又再碰上木椅，譚宗良也從回憶的大海盪返船上。

只見小女孩的爸爸，正用身子為她擋着清勁的海風，媽媽則用手替她理順吹得散亂的頭髮。譚宗良心裏想：「這女孩好有福啊！或許，巫小妮説得對，戴玉鈪的女孩，是會福氣滿滿的。」

在海風吹送之中，譚宗良望向身旁無人的座位，惦記起那個跟他同桌的巫小妮，猜想着她在玉鈪的護佑下，正在某人的家享着福嗎？

一隻玉手鈪，除了送來福氣，也會帶來一段段回憶。

這樣愛你對不對？

在翡翠世界，有一所「翡翠與人類關係調解中心」，我是其中一名調解員。

我的職務，就是排解翡翠和人類之間的相處問題。

處理過無數個案的我，察覺到一個現象，就是問題萌生，竟多是出於「愛」，而非「不愛」。

就如這兩個case⋯⋯

化名「桃子」的翡翠，哭說她的主人把她深鎖於保險箱，讓她「空虛寂寞凍」。桃子由是抱怨主人冷漠，不愛她了。

憑着豐富的調解經驗，我一聽就知她們問題的癥結。

有些人類對於自己鍾愛的翡翠，往往會因過度珍惜而甚少佩戴。但人類不明白翡翠愛「黐」人，感受人的溫熱。

佩戴在人身上的翡翠，可以因人的體溫和油脂，保持水潤透麗。相反，若長時間沒有接觸人，有可能會變得乾啞暗濛。

不少人閒來無事會「捽」、「挼」翡翠，就是為着這個理由。

桃子的主人經過我輔導，明白了即使因愛錫桃子而不敢經常佩戴，也要偶爾搓揉她，給她感受「人氣」，從中獲得滋潤。

現在主人已將桃子接回家，好讓自己能隨時溫柔的把她捧在掌心，給她「愛」的溫度。與主人的誤會化解後，桃子也從怨懟中走出來了。 至於翡翠「小葉」（化名）的情況，卻180度相反。

對小葉寵愛有加的主人，與小葉朝夕不離，叫幾多翡翠「羨慕妒忌恨」。

因一刻也不願分開，所以主人連沐浴梳洗也戴着小葉。

可是長期受沐浴露等化學物摧殘，加上日積月累的水垢，令小葉身上，藏積了一層灰白的污漬。

不堪蹂躪的小葉，向我求助時泣問，主人若真是愛她，又怎會如此虐待她呢?

作為調解員，眼見案情嚴重，就即刻聯絡小葉的主人了解原因。

在跟這位主人會談後，我發現她根本不知道，戴着翡翠洗澡是個錯誤行為啊！

我把小葉的痛苦如實轉告這位主人，並指出不是所有活動，也適宜翡翠參與，「沖涼」正是其一。

小葉的主人聽後才恍然大悟，原來自己的無知，傷害了心愛的小葉。在懊悔中她承諾，不會再讓這種事情發生。

經我們中心的玉匠修復後，小葉回復油亮如初，高高興興的重返主人身邊了。

有時候，人類用「錯」方式去愛一件翡翠，非但傳達不到愛，反過來更會變成傷害，真叫人感慨。

但更讓人遺憾的是，這齣「愛你變成害你」的悲劇，也不時在人與人之間上演……

人類啊人類！其實單憑「愛」，不一定就能帶來幸福。只有用「對」的方式去愛，對方才可真正感到幸福。

情歸何處

「被分手」的鑽石，對舊愛智秀餘情未了。在幾番請求下，終於能跟她見上一面。

渴望挽回這段感情的鑽石，強抑着激動的情緒問：「我有哪裏做錯？你説吧！我可以為你改！」

可惜智秀只是低着頭，緘口不語。

「他……真的比我好嗎？」鑽石還是問了最不想問的問題。

這時候鑽石身上的切割面，反射出一道光線，掠過智秀的臉。

曾經，這閃動的光彩，深深迷倒過智秀。

「鑽石啊，你沒有不好，只是我變了……」智秀終於抬起頭，望着曾深愛過的鑽石説。

是的，智秀變了。

昔日，他們是天造地設的一對，鑽石生性高調，渾身上下時刻散發出耀目惹人的光芒；而智秀，就熱衷成為他人焦點，他們的相遇，猶如天雷勾動地火。

為智秀帶來聚光燈照射般的矚目外，鑽石亦滿足了她的鬥心。

別人的鑽石是1卡拉嗎？好勝的智秀，就換上2卡拉的來對陣。鑽石粒粒雷同，要搜購更大的又有何難？他們聯手贏過無數次這孩子氣的「鬥大遊戲」，智秀潰擊對手後春風得意的神情，鑽石還歷歷在目。

正以為可以跟智秀長相廝守，他 ——「翡翠」的出現，卻令這段情起了暗湧。 由那時開始，愛用眩目的閃麗來收懾旁人目光的智秀，竟為此感到厭惡。

某次當鑽石一如既往，賣弄的拋出閃光來刺人眼眸時，智秀登時一面尷尬，更忽忙用手把他掩蓋。只因那時的智秀，已從翡翠身上認識了，人間有一種「美」，叫低調婉媚、恬淡自在。

不止如此，翡翠還教化智秀，透過欣賞舉世唯一的「獨特」；和渾然天成的「氣韻」，來安養心靈和品格。開悟了的智秀，頓覺自己以前只執迷攀比大小，是如此愚昧又可笑。

與翡翠相處日久，他的閒靜溫潤、清逸內斂，讓智秀的心，油然感化出一份舒和安悅。這是她和鑽石在一起時，從沒有過的。

由以往喜愛高調、耀眼和華麗，到現在嚮慕低斂、內涵和淳雅，智秀在這蛻變之中發覺，「翡翠」才是她的歸宿。

「鑽石呀……」受到翡翠的氣質濡染，智秀連聲音也變得婉柔。

「你不用說了。」鑽石阻止她說下去。

鑽石的內心在痛泣、在狂號，我不過是只懂高狂閃亂的鑽石，永遠也變不了敦厚溫文的翡翠啊！

情緣難續，鑽石知道自己該退場了。就在他轉身離開的一剎，身上又再反照出點點星光。

然而這平俗的閃光，如今再也撩動不到，智秀那顆玲瓏淡雅的心了。

意有所指

有些人的名字，會寓寄着一份祝福。就似「林如意」，她名字涵蘊的吉祥瑞信，叫人一「聽」了然！

不獨「聽名知意」，「如意」更是看得到的吉祥紋飾，常出現在書畫、裝飾、甚至翡翠雕刻上。

所以林如意甫出生，父母便給她戴着一件如意形雕刻的翡翠吊墜，也是理所當然。

在無端睡不着的晚上，她會把玩這個已陪伴她十多年的吊墜。

盯着形狀像雲非雲、似花非花的「如意」，她會猜想「如意」到底是甚麼東西？是從哪裏來？為何名叫「如意」？

多少次決心要上網查找資訊，解開心中疑問，但每次總似有雙無形的手，將她牽引到「防彈少年團」的網站去。俊秀多才的男團，當然比甚麼「如意」叫人神往。小妮子原本上網的目的，也就忘得乾淨。

今夜，在床上未睡的林如意，又再想到要查明「如意」的來歷。慶幸那一對看不見的手，是晚彷彿休息般不見了，讓她得償所願，連接到介紹「如意」的網站。

根據網站所記，「如意」原是「爪杖」，即是大家所叫的「不求人」！

林如意默唸着，噗嗤的笑了出來。原來自己的名字，是替人抓癢的工具。

「……或背脊有癢，手不能到，用以搔爬，『如』人之『意』。」網站節錄了一段出自古籍《稗文類編》的文字，解說「如意」的名字由來。

名字出處知道了，但形象又怎來的呢？

從網站附圖中，林如意看到整支「如意」，是有「頭」和有「手柄」的。她細想也覺合理，沒手柄又怎方便抓背啊？

而頭部的形狀，正跟她戴着的翡翠吊墜相類。她細讀下去，發現這「似雲像花」的造形，是來自「靈芝」這種植物。

自己一直感覺「如意」跟植物有關，這先見之明，讓林如意沾沾自喜。

她繼續看下去，知道古人視靈芝為仙草，有起死回生之效。因此在「如意」（不求人）的藝術創作過程中，將靈芝的形象融入，取其安康祥瑞的吉意。

經過千年流變，「如意」化作圖紋時，手柄被簡化或隱沒，獨以頭部作象徵，也就是我們現在常見的造型了。

林如意現在明了個大概，既曉得「如意」名字源由，也知道她形象的本體和淵源。

其實網站尚有「如意」別的由來介紹，但她此時已惺忪欲睡，加上明天還要上學，便果斷放下手機，蓋上被子就寢。

這邊廂方閉上眼，那邊廂腦海便竄出連串問題，叫林如意久久不能入睡。

「爸媽給我起名字時，知道『如意』是抓背的『不求人』嗎？知道的話，為甚要為我起這名字呢？若然不知，他們有了解過『如意』是甚麼嗎？」

名字的問題，看來仍有待解決……

Chapter 3 翠點靈石

拆解旋轉木馬的機械零件，當中每粒螺絲、每件配件，

都令你對翡翠認識深一些，愛她多一些。

甚麼是翡翠？

甚麼是玉？甚麼是翡翠？

其實「玉」是一個泛稱，裏面涵括很多種類，翡翠是其中之一。就好似Hermès手袋中，有Birkin ，有Kelly，有Garden Party一樣。

古代人所説的玉，並不是我們現在普遍見到綠色那種。

試想「冰肌玉骨，自清涼無汗。」，蘇軾筆下的這位冰肌美人，如果是綠色的話，都頗讓人吃驚。而李商隱的「藍田日暖玉生煙」更説明是寫藍田玉。

翠綠油亮的玉，大約是從明朝開始，從現今緬甸一帶傳入來，可以説是海外商品。

但新品登場，缺少宣傳，又冇KOL推介，起初人氣欠奉。 不過有實力的，始終會得人欣賞。憑着嬌綠豐膩之姿， 她吸引了喜歡下江南的乾隆皇注目，從此成為王室搜羅的珍寶之一。

有了王室珍寶這個銜頭，爆紅是必然之事了。

鐵齒銅牙的紀曉嵐，用他的《閱微草堂筆記》，見證她的成名之路：「翡翠玉，當時不以玉視之，不過如藍田乾黃，強名以玉耳，今則為珍玩，價遠出真玉上矣。」

但當日的高位，不過是現在的低價。如果紀曉嵐是巴菲特，懂得價值投資法，由那時開始投資翡翠，以今日的市價計算，後人應該有個「紀（幾）百億」。

他的文章出現「翡翠玉」這字，可見那時已知道玉入面，有翡翠這個品種。

這種玉為甚麼以「翡翠」為名呢？由來眾説紛紜。只知翡翠原本是分別指紅色和綠色的鳥。

正如現在還有人會説「扮到隻『雀』咁靚」，或者古人都喜歡把漂亮的東西和雀仔拉上關係，所以就叫這種玉做翡翠吧。

反正莎士比亞説過：「"What's in a name？ That which we call

a rose by any other name would smell as sweet."」 無論叫甚麼名字，都無礙她的美就是了。

經王室的熱捧後，再加上到了民國時期，由宋家姐妹這三位名媛穿戴示範，翡翠的人氣終於達至頂峰。

經常出現在上流階層的翡翠，從此成為玉這個大家族的代言人。之後人們一説到玉， 就多數直指翡翠了。

久而久之，令人產生誤會，以為玉就是翡翠。

我可以這樣來概括：翡翠是玉，但玉不一定是翡翠。就如媽媽是女人，但女人不一定是媽媽。

這個概念，大家清楚了嗎？

不過在溝通上，只要雙方明白説的是甚麼，又不用在字眼上太過執着。

若然我和行家交易，不停説「翡翠玉」、「翡翠玉」，不讓人笑才怪呢！

有些人誤會「翡翠」是指高品質的玉，但實情並非如此。

玉意吉祥

中國人最愛講意頭，所以玉器行內有俗語：「玉必有工，工必有意，意必吉祥。」

在此，同大家開心share一下玉雕刻的吉祥寓意吧！

先說愛玉的人趨之若鶩的玉手鈪。玉鈪渾然一體，內外無裂，是代表「完美無缺」和「圓滿幸福」。

頂級玉旦面的形態，一定要面卜底卜，飽滿豐盈，因為它象徵「豐足富貴」，人人都希望銀包脹卜卜啊。

玉方牌表面好像雞蛋一樣光滑，不會雕刻任何花紋，因為這是祝福大家「平安順利」。

另外，筆直俐落的玉璁，象徵着「路路暢通」。而那種似冬甩的玉扣，寓意天人相合，有「天官賜福」保平安的意思。

簡單的外形都有不同寓意，其他華麗雕刻自然更有意思。雕刻了龍、馬、獅子和老虎這類威猛動物的玉器，當然是希望大家「龍馬精神」，「身壯力健」。

鳥類的雕刻，是象徵收到好消息，例如是「喜鵲臨門」、「喜從天降」。股票都要在好消息帶動下才會上漲，運氣都一樣！

還有，玉雕刻時常會出現甲蟲lady bug，因為玩食字， 是「富『甲』一方」的意思。

魚，當然是「年年有餘」。做生意的人最好放玉雕鯉魚，代表「大餘大利」啊！而金魚的玉雕刻作為家居擺設，就有「金玉滿堂」的祝福。

壞人見到Batman要驚，我們見到玉雕蝙蝠就不用怕， 事關「天降洪福」、「福由天賜」，當然愈多愈好。

動物類雕刻中，最搶手一定是玉肥豬，因為人人都希望「豐衣足食」、「家肥屋潤」嘛！

遇到栩栩如生的玉雕牡丹花，千萬不要錯過。因為除了有「富貴榮華」的意思之外，這類需要超凡技巧的雕刻，只有玉匠高手才可駕馭的，是難得一見的珍品。將意頭和非凡工藝一併接收，他日玉雕升值，名副其實的「雙喜臨門」。

除了這類暗喻喜慶的題材，還有些是一目了然的。如玉元寶，不用介紹，當然是代表錢。哪個人不愛「財運亨通」，「財源廣進」？

有健康才有力花錢，葫蘆配上靈芝的玉雕刻，就是用來庇佑大家「身體健康」。

「福祿壽」三星，是全宇宙最受歡迎的男團吧！放在家中日日有「吉星拱照」，自然年頭行運到年尾。

做生意不要奢想無本生利，玉雕財神手上的揮春，都會寫「一本萬利」。先落本，後有利，才是生意之道，記住財神話搵錢要依正路啊！

貼揮春也好，放玉擺設也好，過年過節，最重要是一屋都充滿吉祥喜慶的氣氛。年頭意頭攞得好，自然行運到年尾！

翡翠雕刻各有寓意，如圖中一大一小的獅子擁着如意，就是寄托了「事事如意」的祝福。

買鈪過三關

每個愛玉之人，都希望擁有一隻高質的玉手鈪。 就正如沉迷手袋的朋友，都想得到一個Porosus灣鱷皮的Birkin包包一樣。

兩者能夠成為粉絲的夢幻單品，不約而同都是因為「一隻難求」。

Birkin難求，人所共知，高質的玉手鈪又為何咁難得呢？

要找到一隻和自己情投意合的玉鈪，最少要過三關。

玉石原料的大小，有大如一個成年人般的，也有小如一隻拳頭的。大塊的原料，一般不會是上乘的；上佳的玉石原料，通常都很精細。

拿到原料後，玉匠會去蕪存菁後再去蕪存菁，以餘下那最完美無瑕的部份來製造飾品。

但來到這個步驟，高質量的原料尺寸，多數已不足夠拿來造手鈪了，這是第一難。

第二難，是個貼身又實際的問題：價格。

買東西不看價錢牌，有幾多人可以做得到？近二十年，品質不過是中上的翡翠價格，升幅已大過香港樓價，而頂級質素的，價值更是火箭式的飆升。

現時於行內被列為中等貨色的玉鈪，市場價值已可以跟一隻普通鱷魚皮的Birkin媲美。

如果眼光再高，非頂級不戴上手的話，我建議大家先去拍賣會行一圈，看過叫人咋舌的底價後， 再準備好做big spender 的豪情。

叫人卻步的價格，是橫亙在你和玉鈪中的第二道難關。

最後一難，是「手寸」。

玉鈪內圈的大小，行內叫「手寸」。

手寸的範圍一般是一寸三分半 （約5cm）至一寸六分（約6cm），值得一提的是，這個單位是「唐寸」，並非「英吋」！因外行人不熟行內規矩，我們對外就會用「cm」 來説明。

玉匠普遍會造正常範圍之內的手寸，因為這是最多人合戴的，在市場上較易交易。

關於手寸，我曾見過「仙履奇緣」的情節在眼前上演。

有個朋友看中我工作室的一隻玉鈪，可惜這隻鈪的手寸偏小，她的手根本穿不過。但她對這隻鈪一往情深，任我怎說，都要一試才心息。

她就似灰姑娘那兩位姐姐，千方百計硬要把腳塞進不合尺寸的玻璃鞋一樣。最終玉鈪穿不上，還弄得她那隻白滑嬌嫩的玉手又紅又青，真的我見猶憐。

不過她手上的痛，都不及和那隻玉鈪「相見相望不相親」的痛。

看過這三難就知道，遇到一隻玉質合格，價錢合理，手寸合適的玉鈪，是非常難得的緣份。

若有緣遇上，真的不能輕易放手啊！對人要惜緣，對玉鈪亦如是。

要成為一隻玉鈪的主人，最基本要過三關。
所以玉鈪難得，一點也不誇張。

瓊瑤之報

投資想要回報，付出後希冀收獲，是人之常情。

但能否如願，靠眼光，也講運氣。幸福的D先生就兩者兼備。

當我還未成立自己的工作室時，會參加一些local珠寶展來推廣自己的翡翠設計。

在展覽會中，我認識了D先生。「你好，請問這粒翡翠，要甚麼價錢？」這一問，開始了我們的友誼。

當時約莫三十出頭的他，六呎身高，穿了一套筆挺的西裝，加上燙貼整齊的頭髮，儒雅得似從民國時期走出來的文人。

他禮貌地問價的翡翠旦面，玉潤色淡，水滑剔透。知曉如何辨別玉石種質的人，才懂這是難求好玉。

當兩個識玉的人相遇，就自然「雞啄唔斷」了。從他自我介紹中得知，他是名店A的西裝部GM。

「唔怪得你這身西裝咁好睇啦！」我由衷的稱讚他。

他耍着蘭花手謙稱過獎，文雅中帶點嬌羞。想必是我那份天生強大的「親和力」，讓他對初相識的我，毫無顧慮地敞開了心扉。

他透露對翡翠的心得，是從媽媽身上學來的。他又直白的告訴我，他有位在一起近十年的同性情人。提及愛侶時的甜蜜神態，比身為女性的我更嫵媚綺麗。

D先生率真大方的性格，跟我甚是投契，翡翠旦面也跟他這位賞玉人結緣去了。

接下來的幾年，我和D先生、還有他的愛侶，不時會飯聚和研究翡翠。

誰料一場金融海嘯，沖得大家慌亂求生，聯絡漸少了。某天，D先生突然來電對我說，有人想以他當年跟我購入價的30倍，收下他那粒翡翠旦面。

「你嗰粒翡翠，而家真係值呢個價，但翡翠不斷升值，呢種好貨將來只會更貴。」緊貼行情的我，向他提供意見。

但這筆錢，正足夠他和在金融海嘯中事業受創的愛侶，去別國另謀出路。在兩愛之中，只能選其一。

不久後，我接到他的道別電話，他短期內便會和愛侶離港，前往加拿大發展了。

Time has wings，再次收到D先生的電話，已是十年後的事了。離港已久的他，説會回來探親，一定要趁機和我聚舊。

他感慨地講述，初到異鄉發展如何困難，但在他和愛侶互相扶持下，創立的公司業務，現已不俗了。掛上電話前，他請我準備一些靚翡翠，待他回港時看。

他笑着説：「有人話欠我一粒翡翠，叫我搵你買返粒呀。哈哈！我講咗而家啲玉貴到癲㗎喇！」

苦盡甘來的喜悦，滿溢在笑聲之中。

假如投資在翡翠的回報是金錢，那只有付出愛，才能收穫愛。

靚玉日見罕有，作為另類投資，或會帶來意想不到的回報。

初戀

名店行多了，我也會去書店滋養一下心靈。

西方有句諺語：「Don't judge a book by its cover！」，但精美的封面設計，還是較吸引人啊！

我面前這本由日文譯來，論述如何「談初戀」的書，就引誘到我拿上手一看了。

入面有「小心選擇初戀對象」、「初戀中的人際關係處理」、「初戀如何影響日後的愛情觀」等章節……有趣得來，也有值得學習的地方。

「A0」人士可以一讀，應該可以減少一些「愛的代價」。

見初戀都有指南，就inspire到我想教大家如何選購第一件翡翠。

第一次買翡翠的話，有三種類別盡量stay away，分別是玉鈪、玉珠和玉雕刻件。

鑑賞玉鈪的難度極高，當中的暗裂，有時連行家都會走漏眼。初次買翡翠就揀手鈪，無疑於初戀對象是情場玩家，「中伏」指數高達99.99%。

第二類是玉珠。

玉珠因為厚度的關係，看「種」和「色」時，比其他形狀的翡翠難掌握。

還有玉珠渾圓一體，需要360度檢查當中瑕疵多寡，一個新手對住她，「踩雷」機會極高。

就好似未談過戀愛的人，跟一個背景複雜的人拍拖，始終讓人難以安心吧！

玉雕刻件是第三種不適宜beginners玩的類別。 翡翠上的雕刻紋式，有時會遮掩了內部的裂紋。新手經驗不足，往往要到翡翠斷開，才發覺裂紋的存在。

這個情況，等於初戀男朋友是個極品渣男，隨時「心理陰影面積」大到讓你不敢再談戀愛。

我提議，買第一件翡翠，不妨先從細件的入手。

一來細件比較容易查看，瑕疵程度、種色如何一目了然，風險自然相對減少。

其次，記住simple is the best！常見的玉扣、玉牌或玉旦面，這些沒有雕刻、外形簡單的「素件」，新手辨析起來困難小，保障會多一些。

接着是價錢。翡翠價格差距大，初接觸的人可先從中等價位的入手。即使是股神，也不會一開始就「高價」交易吧！累積了一定經驗後，再upgrade也未遲。

最後，要有證書。證書上，要見到列明「天然翡翠（A貨）」這幾隻大字。一張證書在手，勝過十個專家的口頭認證。

入門記着這些注意事項，就算錯了，也不致傷到一刀入心。

這本指南書的書腰，寫了一句説話：「痛苦的初戀經歷，令很多人怕了原是甜蜜的愛情。」

First love的甜或苦，確實可以造成很大的影響，這理論apply在翡翠上，同樣合適。

咁我自己有段sweet sweet的初戀，當然希望未出pool的你都有。

嗱嗱嗱，我講緊買「翡翠」咋！

初次購買翡翠，可選擇表面光滑清素的。因為即使有瑕疵或紋裂，也會容易發現。

玉豬的啟示

小時候的我，很介意自己是個「扁鼻妹」，所以不時拉捏鼻子，希望它會高一些。

大家見到現在的我都知，it doesn't work！長大了知道有隆鼻手術，也曾有衝動想一試。

直至一隻豬……正確些講，是一隻玉豬，讓我放棄了這個想法。

故事要倒帶回到20年之前，我初闖玉石界……當時，我拿着小小本金，買了一塊掌心大小的原料。色澤雖不太好，但勝在種質油潤清秀。

由爸爸介紹，找了行內一位經驗老練的玉匠，請他為我雕琢一件作品。

玉匠細心考量過原料後，認為適合雕一隻玉豬作擺件。 恰巧我對豬情有獨鍾，馬上say yes，然後喜孜孜回去，等玉豬面世。

玉匠沒讓我失望，經他巧手雕琢，一隻身型圓碌碌，面頰脹卜卜的玉豬誕生了。加上笑咪咪的表情，甚討人喜愛！

可惜就是眼睛有點細，我看着有一丁點不順眼……

唉！假如我當時沒有執着這一點，飾櫃中「我的最愛」系列，就會多一件珍藏了。

Sorry，想起此事難免感觸，還是先言歸正傳。

吹毛求疵的我，執意要玉匠替我修改玉豬的眼睛。

「我攞返去改冇問題……」玉匠憑多年的經驗告誡我說：「但『牽一髮動全身』，改大對眼，我就要調整其他地方去配合，改完隻豬仔會『走樣』㗎！」

果然，不聽老人言，吃虧在眼前。

為了滿足我的要求，把玉豬眼睛強行改大，玉匠只得削減玉豬脹卜卜的面頰。

瘦削了的面，配上一雙直瞪瞪的大眼，失卻神韻，又顯得空洞詭秘。還有玉豬的笑容，本來是多麼的可愛拉人，但現在在一對呆滯無神的大眼睛下，頓覺陰森怪異，叫人心寒。

我只不過想改大少許眼睛，誰想到會把一隻活潑可人的玉豬，變成驚慄片中的嚇人角色？

一隻玉豬就此被我的執着毀了。

經歷沉痛的教訓後，無知的我一晚長大，明白到玉已成器，就應該坦然接受它的真面目。

除非玉雕是爛了必要修改的，否則定然一刀不改，避免「無啦啦整撻瘌」的悲劇重演。

大家以為我因為這原因，放棄「隆鼻」的想法？ No, no, no！我領悟的是更深刻的意義呀！

不論玉雕，或是做人處世，與其執着於不順眼的地方，不如多欣賞滿意的部份。

直接啲講，邊part靚就睇邊part囉。自從我悟出這個道理後，就發覺自己值得欣賞的地方實在太多。

呢個扁呿啲啲嘅鼻，如今再打擊不到我的「自信」了！

因自己的執念而毀了一隻可愛玉豬的經歷，讓我後悔至今。

精雕細琢

玉匠良叔是我爸爸的好友。

爸爸從事玉石批發，良叔常常跟他買原料來作雕刻之用。

小時候常待在爸爸公司，從而認識良叔。良叔不時閱讀一些繪畫、雕刻等書籍。他說每個藝術家都有不同風格，多看多學，自己的手藝才會進步。

爸爸教曉我「鑑玉」，分辨玉石的優劣；良叔則教會我「賞玉」，看懂雕藝的精拙。

他說雕刻人物要有「情」、動物要有「神」、花草要有「態」。因應不同題材，所用的刀工手法亦不一樣。

我見過良叔雕刻的情景。他先將原料放在枱燈之下反覆映照，哪裏有裂紋或雜質，在強光下表露無遺。

然後用鉛筆勾勒需要去留的部位，保留下來的就是他大顯身手的畫布了。良叔會在上面描摹初稿，花鳥蟲魚、人物瑞獸，他樣樣精通。

「好多時唔係我去諗雕刻題材，係件玉自己決定。」良叔向我這樣說過。

說得像是玉告訴他，要化成甚麼而存世。

而當他雕刻時，那虔誠專注的神態，靈巧慎密的手法，讓雕玉成了一件肅穆殊勝的事。

藝術家將心魂貫注在作品中，觀眾是可以看得出的。

良叔巧手之下，玉雕上的動物山水、花草人物，自然帶着一份生動靈明的氣蘊。

我正式入行時，良叔大部份的工作已交由幾位親傳弟子負責。徒弟們的手藝，雖然亦得他八、九成功力，但可恨我賞玉功力由良叔親授，眼光當然比別人敏銳，要求也比別人高。

當徒弟們的作品偶有我不滿意的地方，良叔便會親自為我操刀調整。

他輕輕的一雕一琢，就似天神吹向凡間的一口靈氣，玉雕轉眼就活起來了。

見我滿意後，他會笑着說：「我教到你對眼咁利，想退休都唔得咯。」

我知道，他其實是在讚我這個深得他賞玉真諦的徒弟啊！

「唔理件玉係平嘢定貴嘢，都要用心雕好佢。」我聽過良叔這樣告誡徒弟。

因為他曾見有些玉匠，對好玉特別上心，對品質稍差的卻會馬虎了事。

而他認為玉匠，必需竭盡全力雕琢每件玉石，「咁樣先對得住件玉同自己嘛！」他將自己雕玉的信念，也授予徒弟們。

好的師傅，傳藝，也傳心。

有些人目標遠大，把誠哥、Bill Gates、Elon Musk視為楷模。但我這個小小「翡翠從業員」，只求學到良叔虔敬用心的專業精神。

玉雕中以人物為最難，面相、姿勢和神態均要俱到，玉匠至少要累積十年八載經驗。

感激我遇見

愛玉朋友M，跟我說了一段她和翡翠之間的奇妙故事。

二十年前，M去英國探親。某一個周末，居英的親友帶她去附近的跳蚤市場閒逛，感受一下當地的日常民生。

在偌大的市場中，M經過一個賣「中古」飾品的攤檔。檔上有個藤籃，裏頭放着一些水晶雕刻等手工藝品，價錢牌標着「100英鎊」一件，當中有一件牢牢抓住了她的目光。

那是一片玉質瑩亮、剔透通明的玻璃種翡翠小方牌，上面雕着一雙飛翔嬉戲的龍鳳。

說實在，當時M亦不敢肯定這是否翡翠，但見雕工精緻，加上只不過約幾百塊港元，就先買下來再說。

回港後，M把它拿去鑑定，結果是「天然翡翠」無誤。天賜奇緣，在遙遠的彼岸，竟讓她遇上一件難得的高質翡翠。

經過簡單鑲嵌，這塊如玻璃般通亮的翡翠龍鳳方牌，成了她最愛的珍品。

某次M戴着它去相熟的珠寶店，相識多年的店東一見，便兩眼發亮的問M如何覓得這件好東西。還表明若M有意出讓，他非常樂意以她購入價的百倍收下。

M怎會無端割愛，自然溫柔婉拒，然而她已悄悄驚訝，這件翡翠的價值有點叫人意想不到。

其後她遇到一位拍賣行的專家，才證實真是無意間得到「寶」。

那位專家鑑玉無數，鑑賞過M的翡翠後，直言放在拍賣場上，單是底價已可由二十萬港元算起了。

翡翠方牌灰姑娘式的夢幻情節，不單成為一段佳話，M更從中得到一個啟示。

她告訴我，這件事令她明白到任何東西，能否顯露自己真正價值，是取決於她處身於甚麼圈子裏。

圈子是跳蚤市場，那裏的人不識寶，翡翠就混在水晶中，只售一百英鎊。

到了拍賣會這圈子，有惜玉懂玉的專家推崇，這件翡翠單是底價已讓人咋舌。

「人和翡翠一樣，只有去到『對』的圈子，才有人了解到你的價值。」M 道出她所得到的啟發。

我不期然回想，曾聽過不少人吐苦水，說工作上不受重視，朋友間不被珍惜，總怪自己做得不好。

現在給M點醒，想來其實未必是他們不夠好，可能是圈子「不對」，眾人才無視其價值吧！

正如這件翡翠當初只值一百鎊，並非它平庸無奇，而是流落跳蚤市場這個圈子中，沒有人懂得它的價值而已。

所以，在妄自菲薄之前，先想想自己是在「對」的圈子了嗎？圈子不對，你這件美玉，又怎會有人知道是價值連城啊？

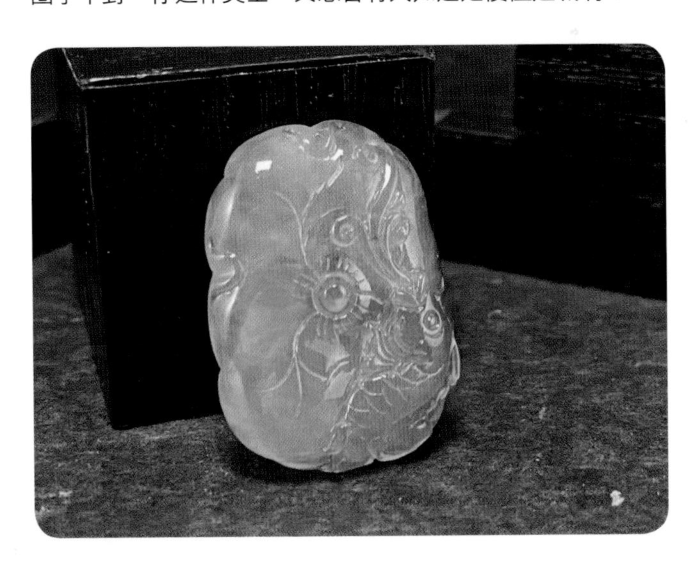

不幸落在不懂翡翠的人手中，再好的翡翠也如同玻璃。

自知之明

人要有「自知之明」。

我身高五呎二吋半，即使波鞋舒適方便，但也不能放棄令我腳痺腰痛的高跟鞋。因為天生矮，只有靠後天補救，否則和朋友合照，自己變成Minions，P圖大神出手都救不了！

衣服穿搭要根據身形來「隱惡揚善」，戴珠寶首飾又何嘗不需要呢？

現在翡翠珠寶的design琳瑯滿目，耳環有長有短，吊墜有圓有方，戒指有大有小，你哪來的自信以為自己統統都可以carry得到？

因應自己的面形、手形，揀對珠寶來佩戴，避免誤踩「造型地雷」，也是扮靚最重要的一課。

For example，臉圓的女生，戴耳環應該揀設計簡約、懸垂修長的，因為這種造型的耳環，會令臉部輪廓看來變得纖長。

面形瘦長者，simple小巧的款式，就是一個理想選擇。要出席隆重宴會時，誇張點的扇形或者圓形飾物，也可以解決臉形過長的問題。

而喜歡戴吊墜的女生，就要base on自己脖子的長短來考慮了。

脖子比較短的，選吊墜時不妨揀水滴形、橢圓形等外觀呈長形的款式。同時配鏈可選擇長度約18-20寸的，務求在佩戴後，呈現出V形效果，以彌補頸短的缺點。

至於頸長的女生，因為下巴與胸口的距離較大，所以可挑選設計複雜些、size大一點的吊墜來佩戴，以豐富下巴和胸口之間的空間。

若談到甚麼款式的戒指才適合自己，那當然要看手形了。

十隻手指有長短，有些女生最短的手指，已是我的最長。

It makes me so ENVIOUS。事關纖幼修長的手指，是對付戒指的「終極武器」，任何花款的戒指都會乖乖的臣服於她們的指上。

不過，即使得不到上天眷顧，賜你一對完美的手，也不應該放棄戴戒指的權利。大不了在款式中作取捨，遷就自己的指形吧！

手指比較短和圓的女生，注定和長型與花巧design的戒指無緣，除非你不介意手指顯得更加笨鈍短小。

如果似我般，手指骨節大和指罅疏闊的，佩戴粗身的戒指或者闊身的band ring，都會有助遮掩這些小缺點。

No one is perfect！了解自己身體各部位的優點和缺點，在珠寶配襯上掩拙顯優，自然能輕易突出自己最美的一面。

「嘩，條頸鏈戴到你冇頸咁喎……」、「OMG！塊面方到起角，你仲戴對咁嘅耳環……」、「戴呢隻戒指，顯得你啲手指好肥短囉……」

閨密們一直以嚟俾我嘅「善意評論」，成就咗我配襯珠寶嘅心得。所以呢篇文嘅內容，佢哋梗係功不可沒啦！

I really mean it！我邊有嬲過佢哋對我嘅 comment啫！

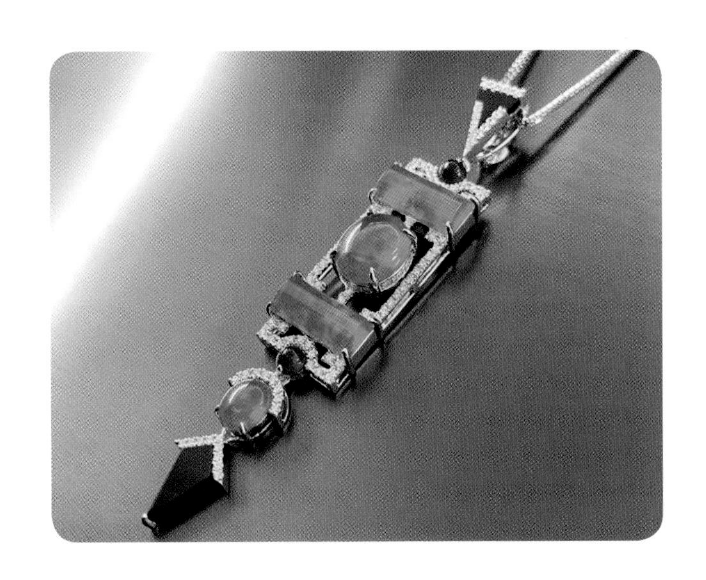

翡翠首飾的款式眾多，但你有信心每一款都能駕馭得了嗎？

Lucky Charm

因為準備植牙的緣故，我先要做一個「補牙骨」的小手術。

執刀的牙醫曾為我洗牙、剝牙，技巧熟練，快速無痛，所以對於這個他説約三十分鐘能完成的手術，我並不擔憂。

但結果，手術沒在預算時間內完成，期間隨着麻醉藥的消退，我痛苦地承受了兩個小時的撬、扭、擰、鋤、鑽、鉗。

慘痛的過程已不堪回首，第二天「豬頭」般的腫痛，才最令我心驚。

我立即向家庭醫生求診，診斷結果是，牙肉嚴重受損之餘，鼻竇亦受細菌感染而發炎，他認為是手術出錯引致。

一個表現一直優秀的牙醫，為何會在這個小手術上失準，更導致我鼻竇發炎呢？這件事我必定會追究到底！

在等候取藥期間，我忽然想到這場「無妄之災」，或許上天已早給我預兆。

從細到大，我基本上每天都玉不離身，小時候會戴一個玉吊墜，長大了就戴一隻玉戒指。即使不戴在身上，都總有一件玉器放在包包裏面。

從無數的經歷引證，只要哪日沒有玉石在身，當天必然會諸事不順。寧可信其有，我一直把玉視為幸運之護身符。

手術當日，我開車往牙醫診所的途中，赫然發現手指「光脱脱」，才驚覺我竟然將自己signature的玉馬鞍戒指留在家中，一股不安的感覺已緊緊籠罩心頭。果不其然，就咁「出事」！

或許有人會説我迷信，但世上很多名人，都有這種深信某物件，或某舉動，會帶來好運的思維。

就像球星C. Ronaldo，他相信右腳先踏進球場，就會順利贏下球賽；網球名將拿度，則相信要贏波，球賽期間，水樽必定要放在同一位置上。

傳奇的Coco Chanel，相信「5」是她的幸運數字； Christian

Dior就認定「8」字，會給他帶來好運。

外國某間大學的調查發現，如果上一科考取得優異的成績，超過55%的學生，會繼續使用同一支筆應試。

心理學家認為，當中涉及「好運象徵」這個課題，即相信某一物件、數字，或某個行為，會為自己帶來好運。這種心理現象，在人們面對難由自己操控的事情時，例如比賽勝負、試題內容……還有做手術等等，變得尤其明顯。

玉器在中國人心中，普遍象徵着健康、吉祥，能夠辟邪擋煞，所以把玉石作護身幸運物，絕不止限於我。一玉在身，早成為得到庇佑的symbol。

何必執着是否迷信？若戴玉能令你內心感到comfort、平安的話，不見得是件壞事啊。

連足球名將C朗，都不敢不信邪，我哋呢啲凡人，戴件玉器嚟求個心安，都好平常吖。

好奇一問，你的幸運物又係咩呢？

玉石被視為吉祥物、護身符的思想已根深蒂固，相信的人又何止得我呢？

大時代

「入呢隻啦，轉頭就賺喫嘞……」

「個價回喎，仲唔賣……」

「唔好驚，技術調整嚟啫……」。

聽到以上對話，大家不要以為自己身處在股票行，這些對白，也曾充斥在翡翠市場之中。

回想我入行時，一粒姆指甲般大小的頂級冰種翡翠旦玉，交易價在幾千元以內，現在卻由五萬元起跳。而同一size，顏色陽綠兼且種質純淨的，當年拿幾萬元已可作為budget在市場內物色，今日已變成痴人說夢。

翡翠價格在這二十多年間，確實是升幅巨大。

正如股票市場一樣，大市上揚當然逢股皆升，翡翠亦不例外。翡翠交投最熾熱的時候，就像「全民皆股」的年代，人們隨便買隨便賣，就能賺錢，那些種質不純、顏色不正，甚至連有裂紋的翡翠，也被人「盲搶」。誰還會注重「種純色正」這個選翡翠的基本原則？

那時，我多少受到市場氣氛影響，好彩有見過風浪的爸爸和前輩提點，叫我要堅持揀選品質優良的翡翠。

他們教我，揀翡翠就如選股票一樣，真正的優質股，始終有其價值，就算入貨價高了少許，長線還是穩賺不賠。相反，借市況起飛的三四線股票，形勢一轉，隨時變成廢紙。

2008年左右，在成交價屢創新高、資金流入、銷情暢旺等利好因素持續帶動下，翡翠的「大時代」正式降臨。

跟所有商業活動相同，當人人要貨不要錢，連品質不好的翡翠，也被人用over-estimate好幾倍的價錢大手掃入時，泡沫便形成了。

泡沫在2016年終於爆破，原因言人人殊，反正party is over，翡翠價格已進入調整期。

頂級翡翠有「稀有」這個基本因素支撐，價格在高位仍有支持；中級的，就隨市場變動而調整。而那些被人「高追」的劣品翡翠，價格就插水式下瀉。事實正如前輩所言，有些是連本也撈不回來。

今時今日，翡翠的價格真實地反映市況。Top Quality的翡翠始終罕有，價高不下之餘，還有升值空間。質素略次的，價格處於合理水平。至於色偏質劣的，暫難再來水漲船高了。

恒生指數從初創至今，累計上升近二千倍，但是否每隻股票同樣累升？是的話，我股票戶口內，就不會有「蟹貨」積存了。

買錯了，自然「人升你唔升」，股票如是，翡翠亦然。

借用前輩教誨：買翡翠還是選優質的好。好貨色即使錯過了高位沽出的時機，轉為「長期持有」，隨時賺得更多。

蟹貨「責」喺個倉就眼冤啫，靚翡翠咯喎，揸幾多都無所謂啦！

翡翠的價格就算經過市場調整，還是累積了巨大的升幅，尤其是頂級的品種，始終居高不下。

鑑玉知價

我投身翡翠這行業的日子不短，當然幫人解答過不少有關翡翠的疑問。

其中較「熱門」的一個問題是：我婆婆/媽媽/奶奶，將一堆以前購來的翡翠全部轉贈給我，但我又不懂翡翠，應該要怎樣做呢？

First of all，不管是哪位親友送的翡翠，如果不是「天然翡翠（A玉）」，基本上是沒實質價值的（紀念價值是另一回事）。所以先做鑑證，證明是「A玉」是必需的。

其次，有些翡翠會鑲嵌了黃金，有些更會鑲配了鑽石等不同寶石。只是證明了翡翠是A貨，亦不代表這些黃金、鑽石、寶石是真的。

因為以前監管金銀珠寶貿易的制度不完善，金行良莠不齊，使用成色不足的黃金、用「鋯石」扮鑽石的情況時有發生。所以這些用料也需要檢測，才能充分掌握整件珠寶的information。

若有相熟的珠寶店，可以帶去店裏請職員幫忙驗測。他們通過簡單儀器，一般已可分辨真偽。

可是這種做法只會得到口頭上的確認，如果要一紙證明，就需要到合資格的化驗所了。

作為新任物主，物料是fake or real，是有責任了解的。

掌握了足夠資訊後，便要estimate一下價值。

黃金、鑽石、紅藍寶等原料的市場相對透明，要了解價值不難，但翡翠卻不同了。就算是珠寶商人，只要沒有持續trading翡翠，很快便update不了最新行情。

所以，想要估算翡翠的market price，需要找一位專注在翡翠交易的行內人，這樣得出來的價格，才會緊貼市況。

眾所週知，翡翠這廿多年來升幅巨大，祖輩們多年前買來的翡翠，今日已有可能升值至幾倍或幾十倍不等。

清楚自己接收過來的翡翠的價值，才可以作出合適的安排。

優質罕有、價值已run up了的翡翠，應該要小心收藏，坐等價值再升。

品質不俗，但款式過時的，不妨重新設計鑲嵌，改成適合自己風格的首飾來配戴。

至於無收藏、沒重鑲價值的翡翠，就當作一份感情keep住好了。

當獲贈翡翠首飾、又不懂如何處理時，以上就是我推薦的基本做法。

有人以為我三代經營翡翠，爺爺、爸爸都會留下不少好東西來「自肥」，現在應該已升值不少了吧？

我問過爸爸這個問題，而答案是 ──「無」。

我Daddy話，我細個食好多嘢，留住啲玉唔賣，搵咩嘢嚟養大我咁話喎……

嘩！佢講到「賣玉養女」咁偉大，講「爸爸， I love you」都嚟唔切啦，點敢怪佢吖！

從長輩們傳承來的翡翠首飾，要了解清楚她們的質素和價值，才可以作合適安排。

老友安康

早前，有幸參與「有艇搭慈善基金會」和「港九拯溺員工會」合辦的慈善活動，免費派發「安全浮泡」予長者泳客。

活動定於早上7:45開始，但因宣傳得宜，7:00左右已有近百名公公婆婆在排隊等候， 反應熱烈。

長者們大多有耐性的等待，但浮泡實在吸引，個別性子急的「老」友當然想快些拿到。

「喂，姐姐，快啲派啦，阿婆約咗人飲早茶呀！」一位婆婆捉着我來催促。

我説活動會準時開始，安撫她耐心等候。但「老友記」不過是「大細路」，你越叫她等嘛，她的心就越急。

這個時候，我瞥見婆婆頸上戴着一件玉觀音，正好給我另闢話題，分散她的注意力。

婆婆的玉觀音種質不錯，但表面已暗啞無光，失去了原來的光潤。我估計是因長年戴着來游水，日積月累下，被海水的鹽份入侵所致。

説話是一門藝術，若一開口就直指對方的問題，定必惹人反感。所以我就先自我介紹是愛玉之人，再誇讚她的玉觀音種色不錯，雕工也精巧（這些都是事實），然後才順勢問她：「婆婆，你連游水都戴住件玉呀？」

玉觀音得到讚賞，婆婆即時心情大好，連語調也變得溫和起來。「係呀，菩薩保我平安，點會除啊！」

菩薩的神力不容置疑，但玉石每天給海水「洗禮」，卻會失去光亮油潤。原因是玉石表面有很多肉眼看不到的小孔，海水的鹽份會滲透其中，慢慢引致玉石變得暗淡乾竭。

婆婆也承認，玉觀音的色澤確比昔日暗沉了很多，只是不明所以，現在經我一説，才知原因。

我於是趁機教她，可拿玉觀音去相熟的玉石店，請店方先徹底清潔一次，再做一個「上蠟」工序，玉觀音應可回復光彩。

「咩嘢『上蠟』呀？」婆婆瞇起眼問。

簡單而言，「上蠟」就是在玉石上抹一層無色的蠟液。這些玉石專用的蠟液，可以滲進玉石上看不見的小孔中，就似美肌的精華素，滲入皮膚內一樣。

皮膚汲取了精華素後，會回復緊緻，而玉石汲收蠟液後，則會回復亮滑，兼且形成一層保護膜，減緩外物對其造成的傷害。

「上蠟」不是永久性，功效一般可維持幾年，視乎物主如何佩戴而定。若像這樣每日給海水浸泡，或許一、兩年又要「上蠟」了。

談玉不知時間過，活動準時開始。當我親手把浮泡派給婆婆時，再特別提醒她，為了保養玉石，游水時就不要戴玉了。誰知她生鬼地揚起手上的安全浮泡，精靈地說：「姐姐，有咗呢個浮泡保平安，阿婆游水就可以收起個玉觀音嘞！」

哈！Keep住運動的老人家，腦筋果然靈活啊！

出海要注意自身安全外，也要保護身上的玉器，皆因海水的鹽份，會傷害玉石。

男人的浪漫

珠寶業界有這樣的調侃：哪間珠寶店想「執笠」，就專賣男裝珠寶吧！

這話不無原因。璀璨華麗的珠寶，攻陷女性容易，但要奪取男人的心，困難重重啊！反而低調內斂的玉器，卻能在男人心中穩佔一席位。

當中理由，經我長時間留意和分析，得出一些看法，可以跟大家share。

不論男女，不少人的人生，第一件遇見的飾物就是「玉」。因為文化、習俗的使然，早被人賦予「神奇力量」的玉，是長輩們最愛送給兒孫的護身禮物。

男孩子從小就接納了玉，長大之後，自然也不會認為玉器是女人專屬的。

「玉」是unisex的寶石，已為人所共識了。

另外，玉雕的藝術也是吸引男人的原因。

玉石雕刻主題豐富多樣，《西遊記》、《三國演義》等這些家傳戶曉故事的主角，更不時成為玉匠雕琢的題材。

當這些孩童時崇拜過的英雄人物，活靈活現出現在玉石上時，男士們兩眼發光的程度， 絕對不下於女人看見10卡巨鑽。

就好似我閨密闊太R的老公，是《西遊記》的 「鐵粉」，齊天大聖孫悟空更是他的 favorite。只要見到玉雕上有悟空的影蹤，不據為己有隨時會「瞓唔着」。

又有位男性友人，對《三國演義》入面，那位「百萬軍中藏阿斗」的趙子龍十分心折。堅持要我找塊靚玉料，再不惜重金拜託玉匠，特地為他在玉上重演這熱血沸騰的一幕。

這種對英雄的嚮往，也是豆腐火腩飯之外，另一種男人的浪漫。玉石往往作為媒介，讓他們重見兒時英雄，愛不釋手也是理所當然。

大家有沒有留意，男人那暗中「角力」的法則？靚車、名錶，甚至一對意大利手工皮鞋，都會成為他們較勁的工具。

可惜這個流於併財力的層次，對真正成功的男人來說，只是初級班。

我曾遇過一位企業家，他對我剖白自己沉迷「玉」的理由：「名車、豪宅、大大粒的彩寶鑽石……只要有錢，我買到，別人也買到。唯獨是玉，人間只此一件，不是有錢就可以找到啊！」

覓得一件羨煞旁人的玉，那種超越金錢的滿足感，可説是男士另一層次的成就。此亦正是「玉」這種寶石，能夠走入男人世界的原因。

男與女在心理、習性和行為模式上都大有不同，但面對一件「靚玉」，那如饑似渴的心情，卻如出一轍。

照咁計……要消滅人類隨進化以來就出現的男女分歧，玉，可能就是其中的關鍵。

我再研究落去，隨時有機會提名Nobel Prize 喎！

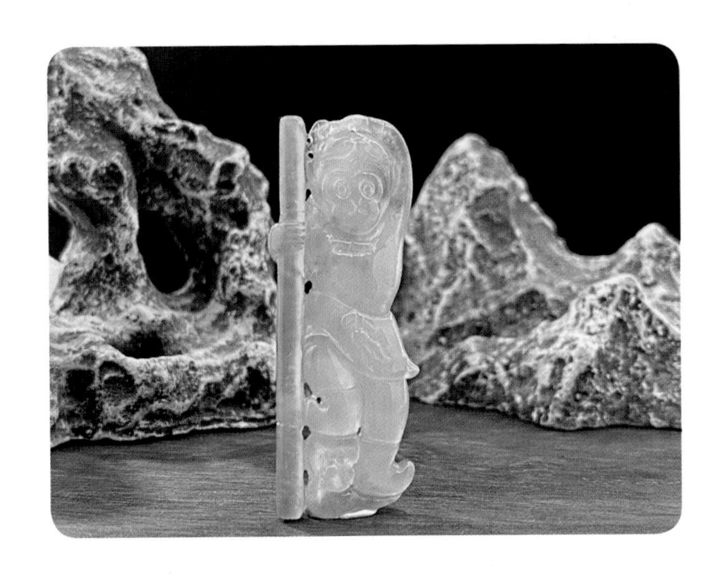

手執如意棒，腳踏觔斗雲，神氣威風的齊天大聖，是男裝玉雕的主要題材。

黑暗榮耀

前排耽於玩樂，十幾個design還未動筆，這晚只好「通頂」趕工，電台的深宵音樂節目，成為深夜工作的良伴。

節目主持介紹今晚的主題是「黑」，只會播歌名有「黑」字的歌曲。周杰倫的《黑色幽默》，E神的《黑夜不再來》，孫燕姿的《天黑黑》，哥哥的《黑色午夜》……

整晚不停地「黑、黑、黑」，突然靈感一閃，何不寫篇專欄談翡翠的「黑」？

翡翠和黑的最大關連，自然是顏色。翡翠會出現黑色，是因為她在生成的過程中，有黑色的礦物元素滲進裏面。

情景有如墨汁混入清水，墨液會如煙似霧的暈化。因為是自然滲透，所以翡翠上的黑斑，會呈點狀、團塊或線紋等多種形態。

而黑色的濃淡，就由致黑元素多少來決定。多的話，黑色就會較深濃，少的自然比較淺淡。

黑色斑紋有時會被視為瑕疵，但是人的眼界不同，看到的風景亦不同。這些隨緣天成的「黑」，在某些人眼中，卻是大自然的「墨寶」。

翡翠內的黑紋，有像豪放的潑灑，有似溫婉的蘸染，輕重無定，收放任情。就如王羲之藉住酒興，縱筆醉書的《蘭亭序》，從墨落在紙上的那一刻起，人間便多了一件連原創者也無法複製的「神品」了。

懂用慧眼來看，那濃淡、深淺、形狀各異的黑紋，便成為「品玉」的另類雅興。

大自然有時又會拒絕留白，創作出整件「絕黑」翡翠。這個時候，你需要看她真的是黑色，還是濃如黑色的「綠」！

翡翠之中有叫「墨翠」的品種，表面烏溜溜的，但在光線之下，卻會透出誘人的翠綠。

這是因為墨翠的綠色深濃若黑，只有在光照下，才會現出真身。就似一杯黑咖啡，看起來是漆黑一片，但透過光線，卻會發現它原來是深琥珀色。

玉匠熟知墨翠的特性，在雕刻時，會故意營造厚薄不一的層次感。通過這種雕工，光線照射在墨翠上，便會產生黑色中透出層層碧綠的奇妙效果。

相比起如水墨畫般，有黑紋縱橫斜倚的翡翠；又或是光影交錯中，看到黑中沁綠的墨翠，獨沽 味「黑黐黐 」的翡翠，就缺少了「橫看成嶺側成峰」的賞玉妙趣。

所以我這種愛玉人士，對單調乏味的純黑翡翠……not really interested啊！

「……你永遠不懂我傷悲，像白天不懂夜的黑……」蔡健雅翻唱的《白天不懂夜的黑》，是音樂節目最後的一首歌。

白天懂不懂夜的黑，真的天知曉，但是翡翠的黑，你就再沒理由不懂了吧！

「墨翠」乍看是平凡無奇的黑色，但在光照之下，就會透出一片嫣綠。

光映背後

有句説話：「一個成功男人的背後，總有一個默默支持她的女人。」放在現今男女平等的世代，這句説話或許有些政治不正確，但一切成功，背後的支持確實應記一功。

人如是，翡翠亦一樣。

大家可有留意翡翠飾物的背後，在鑲嵌翡翠的地方，有時會用飾金封了，令你看不到翡翠的背部？這種造法，行內叫作「映底」。

翡翠具有不同的透明度，因為這個原因，將一件翡翠放在飾金上，自然會影響她的顏色。

大家模擬一下就能理解：找一張綠色的玻璃紙，放在白紙上面，綠色會更鮮明實在；相反，放在黑紙上，那綠色便變得暗沉瘀黑了。

翡翠「映底」的原理大致是這樣，不同之處在於翡翠下的是飾金，而不是紙張。基本上，翡翠「映底」是用於烘托出她的本色。但翡翠件件不同，令她永遠沒有 model answer，有些反而在「映底」之後，失去原有的光彩。

箇中原因甚多，玉石的顏色、玉件的厚薄、玉質的通透與否，甚至乎雕刻的層次感等等，都會影響到翡翠「映底」後予人的觀感。

不單止這樣，還有一個tricky的地方，就是即使要造「映底」，尚要考慮應該造緊貼翡翠背部的，還是要造「隔空」的呢？

我知你看到這裏，應該有點confused，請把綠色玻璃紙和白紙再拿出來，讓我們做多個模擬來幫助解釋。

依舊是將綠玻璃紙放在白紙上，但這次兩者之間要保留空間，不用緊貼。這時看到的綠色，便已跟緊貼白紙時不一樣了。這就是「隔空映底」。

為了呈現翡翠最佳的色澤，「映底」有時需要緊貼，有時卻要隔空，這都是100%依靠經驗豐富的鑲玉師傅決定。好些手藝高超的師傅，更會因應一件翡翠背部的情況，造出部份緊貼、部分隔空的「映底」。

他們在別人不留意的底部，亦如此費盡心神，就只求協助一件翡翠，無瑕呈現出她最真實的色彩和質種。

一件翡翠首飾的設計，可以高貴華美；鑲嵌的鑽石彩寶，可以耀眼眩目，只是，表面示人的地方怎樣瑰麗也好，若無背後被人忽略的「映底」去托照出翡翠的嬌亮，又哪來這萬人矚目的風光？

所以，千萬別忘記，能站在台前接受掌聲，全因台後有人一直無言support着你。

我而家當然未有掌聲，但我已有張list，記低每個支持過我嘅人。希望有一日，我可以站在台上同佢哋講句：Thank you so much！

翡翠首飾的背後要如何鑲嵌，需要視乎翡翠本身的質色，圖中為鑲法之一的「通底鑲」。

紫有你不知道

近來因太專心「吃喝瞓」，無聲無息重了2.82kg，在突破「3」字前，必須要出手制止。

運動非我嗜好，要減磅 ，只得由「食」這邊下功夫。吃香喝辣的美好日子，再見了！

清淡的食物當然有助減磅，但味道嘛……難怪人們常說：「好味嘅嘢唔健康，健康嘅嘢就唔多好味。」魚與熊掌，是不可同得的。

即如紫色翡翠一樣，顏色濃麗時，種質多不好；種質佳時，顏色卻不深艷。色與種，兩者難兼有。翡翠行內更有句俗語——「十紫九粗」，就是專指這個現象。這「粗」，也就是形容翡翠的種質粗乾。

「紫色翡翠的玉質一般都不太好」的原因，解釋起來頗為複雜，我嘗試make it simple。

翡翠出現「紫色」的成因，一直存有爭議。但若要合理說明為何會有「十紫九粗」之說，紫色是「動力色」這理論便相對可取。

非常極之簡化地說，就是翡翠形成後，內裏的結晶粒在特定條件下，出現了名為「靜態再結晶」的活動。在這活動之下，翡翠中鐵離子內的d電子會產生反應，從而生成「動力色」—「紫色」。

但是「再結晶」有機會令原本的結晶體增大、移位和變形，令構成翡翠質地的晶體由細密變得疏落，使種質形成我們所說的「粗」了。

淺白概括，就是翡翠的紫色，要藉「再結晶」活動產生，然而「再結晶」又會使翡翠種質變「粗」。於是，無可避免令帶有紫色的翡翠，質地大多乾粗的現象。

容我戴上頭盔免責，以上涉及大量地質學和化學的知識，篇幅有限難以詳論，其中疏漏，敬請見諒。

好，我除下頭盔再繼續。

翠點靈石

畢竟大自然是神秘玄妙的，既然說「十紫」中有「九粗」，亦代表其中會有例外。

種質細滑水潤，而且顏色穠麗嬌艷的紫色翡翠當然存在，不過非常罕見。賞玉多年，我見識過大自然這種奧妙作品的次數，五隻手指可計，你說難不難得？

這樣的曠世絕色，倩影杳然，真想一睹芳容的話，多要在拍賣場苦候了。

據說「自煮生活」有助調節體重，這夜我扚起心肝，白烚了一碗西蘭花和兩片雞胸肉作晚餐。

望着這份「四無」（無油無鹽無香味無吸引力）晚餐，我不由得慨嘆，靚色又靚質的紫色翡翠，形成機會這麼渺茫，也可以有奇蹟出現，為何美味可口又不致肥的食物會不存在呢……

卡xB薯片、脆香雞翼、上海炒年糕、麻辣火鍋和雪糕，幾時會有「食咗唔肥」嘅version呀！？

紫色翡翠又叫「紫羅蘭」，靚色而質好的，價值絕對讓人咋舌。

有一種愛叫放手

我身邊的好友當中不乏投資專家，除了金融股票，名錶、字畫或手袋這些「玩物」，也有涉獵者。

好似我之前想買隻手錶，便立刻找上名錶收藏家Mr. D請教。

他指出，我想買的那隻手錶，不入「玩錶界」的收藏名單之外，更是定價過高，勸我無謂花這筆冤枉錢。

Mr. D即時recommend幾隻被外界低估了的錶款，說趁現在入手的話，可以戴着等升值，日後轉售時必有利可圖。

「戴住等升值」這回事，在翡翠界也屢見不鮮，但前題跟買錶一樣，要買得「對」才可以。

具有收藏價值和升值潛力的翡翠，最基本要「色正質純」和「無裂紋」。符合了這兩個指標後，就要挑選類別了。

翡翠類別沒有手錶那麼多，主要是手鈪、旦面、圓珠、花件和擺件。從投資角度來講，前三者最有價值。原因是這三個種類雕琢元素，避免了雕刻題材的「喜惡問題」。

「花件」和「擺件」是雕刻好了的翡翠，喜歡這件翡翠，卻不愛這個雕刻的事常有發生。

站在投資立場，手上的藏品，「受眾」層面越大越好。所以沒有多餘雕刻，獨以「玉」本身來定優劣的手鈪、旦面和圓珠，最易在市場物色buyer。

其次雕琢這三類翡翠成品的原石，除了需要夠大，還要夠厚，更不能有少許裂紋。有這些「高難度系數」在阻攔，佳品等閒十年難逢，投資者自然更對她們趨之若鶩、如飢若渴。

所以拍賣會每有極品手鈪、旦面或圓珠待拍，必定引來無數買家虎視眈眈，狂熱舉牌競投。理由無他，物以罕為貴之餘，今日放進保險庫，明天已自動升值了。

據我了解最新行情，這三個熱門項目，身價在今年初又再攀升。若果早年獨具慧眼，不停低位吸納積存，今日的價值肯定幾何級增長了。

資深投資者說：「不要跟股票談戀愛，到價就要立刻放手！」這句話放諸金融產品的投資上，或許有用。只是「玩物」的投資，往往是先建基於「愛」。

例如Mr. D鍾情於名錶、我痴迷於翡翠，才會全情投入其中，探究觀摩，漸漸領悟出當中的投資心得。

然而又因為這份「愛」，藏品升值到絕佳價位時，就難以客觀視之為「投資產品」，理性地獲利離場了。

人貴自知，我懂得如何投資翡翠，卻實在當不到「投資者」，理由嘛……

我的翡翠藏品猶如心頭之肉，這樣的我，又如何執行「到價即沽」，如此無情的交易指令呢？

所以多情的我，都係做個「翡翠收藏家」夠喇！

投資翡翠，「旦面」是熱門類別之一。比較起手鈪和圓珠，她亦是最方便配襯的翡翠首飾。

瑞意三寶

小時候上教會小學，每逢聖誕必有兩大節目，報佳音是其一，第二就是演出「耶穌降世」的話劇。

演戲不是我強項，主角必定沒我份兒，但幾位帶着禮物來祝賀小耶穌的東方三博士，我卻扮演了幾回。

從中我發現了所謂「博士」，果然是見多識廣的人。你看他們送給BB耶穌的禮物，蘊含的意義就知道吧！

博士們用黃金、乳香、沒藥這「三寶」，慶祝耶穌降世。而翡翠也有滿載瑞意的「三寶」，可作為送給初生嬰兒的禮物。

第一寶，是大眾熟識的「平安扣」。看名字，知意思， 她理所當然是用來祝福BB平安的。

平安扣的外形圓滑，中間有一個窿仔，若要解釋雕刻意思，真是言人人殊。有人依據「天圓地方」之説，指圓形代表上天，雕琢成圓形，象徵得到上天的護蔭。

又有人講圓形表現為通達，內外皆圓，代表言行和心性均明理通情。有這樣修養，災禍自然遠離，平安亦隨之而來。

姑勿論其造形淵源，「平安扣」這美名，已清楚表達了一份願望。

第二寶是「BB手鈪」。不少人相信翡翠手鈪有「擋災消劫」的力量，送給BB，是希望他們無難無劫，快高長大。

但玉始終是硬物，BB不時手腳亂「揈」，為免他們誤傷自己，所以手鈪是不會即時戴在他們手上的。

我們多數是先讓BB抓摸一下手鈪，沾過這份福氣後， 便由父母暫時收起來。待他們長大到三、四歲左右，才為BB戴上。

到不合戴時便脱下來，再以木架子存放留念，讓這份福氣繼續陪伴BB成長。

第三寶是「長命鎖」，她的寓意是保護寶寶的小生命，阻擋病魔的侵擾。長命鎖的造型頗多，有如一把日常用的「鎖頭」，也有結合中國色彩，將鎖身雕刻為有瑞祥之意的「如意形」。

新派玉匠會糅合可愛風格，把鎖身雕成「心形」，讓嬰孩戴起來更顯趣緻。各適其適，就看哪款合眼緣。

只是不管甚麼造型，人們以「長命鎖」來祝願小寶寶健康長大的心意，也是一樣的。

其實我從小已有一個想法，博士們送給BB耶穌的禮物，算不算史上第一份「聖誕禮物」呢？聖誕節交換禮物這環節，又是否由他們開創？

No matter what，收到聖誕禮物，誰會不開心呢？

每年聖誕前夕，不少慈善團體都會舉辦「聖誕禮物」募捐，目的是向貧苦的小朋友，送上一份小小的聖誕禮物，讓他們也感受到節日的喜悅。

善心嘅你，於佳節買禮物送給親友之餘，不妨買多一份，將愛分享開去吖！

送給BB的翡翠手鈪，將來可以變作掛飾，繼續留住這份「福氣」。

拆禮物遊戲

好奇心這東西，不可以隨意滿足，希臘神話中「潘朵拉的盒子」就是一例。

潘朵拉因為抵受不到好奇心的誘惑，打開了「眾神之王」——宙斯送給她的盒子，世界從此充斥各種的不幸。

神話反映現實，人類大多敵不過好奇心的驅使，有盒子可以打開，又怎會放過？

翡翠世界之中，亦有各式各樣的盒子，引誘人前來打開。這些所謂「盒子」，就是未切開的翡翠原料，行內又叫「原石」。

原石的外觀跟石頭差不多，體積有大有小，形狀各有差異。

石主一般會在原石上面剜去一小塊（行內俗稱「窗口」），來展示裏頭一小部份的質地和顏色，以供買家分析。買家們就透過這小小的「窗口」，估量翡翠的質素優劣，從而開價洽商。

沒有方法能100%確定原石的內裏乾坤，她的價值只靠「窗口」顯露的蛛絲馬跡來估算。

因資訊掌握如此有限，買原石必然附帶一定風險。然而，這風險不一定要自己承擔，因為原石只要「不切開」的話，她的身價依然屬於＂unknown＂。

這個「未知」就能創造商機，轉手買賣原石，也成為一門生意。

舉例說，A君有一件原石，他估計內裏蘊含的翡翠，不過十萬元左右，他決定不切開，直接請來B君品鑑。

B君也許眼光過人，推測原石內的翡翠價值必倍多於十萬，便決定用十萬以上的價格向A君購入。

這樣一轉手，A君已從中獲利。

那麼，究竟是A君走寶，還是B君做了冤大頭？別急着下定論，因為往後還會有C君、D君等人出現，加入這個「轉手遊戲」啊！

直至有人對抗不了好奇心，決定切開原石來一窺全豹，這時遊戲才結束，終極贏家方正式誕生。

往日翡翠未「爆升」時，原石價格在可承擔範圍，行家們也敢於切割原石，滿足一下自己的好奇心之餘，亦可引證自己看石的眼光。

但現在時移勢易，翡翠價值翻倍又翻倍，原石交易動輒上百萬，你一念好奇的切開，風險不可說不重。

權衡過利弊，行家們開始學懂抑壓自己的好奇心，不會再貿然切開一件原石，寧願改以「轉手」圖利好了。

以沉重代價來填塞小小的好奇心，難免不值；但好奇心得不到滿足，又叫人心癢難耐。所以有個聰明人，就發明了聖誕節「包禮物」和「拆禮物」這玩意。

一來藉包禮物增添儀式感，二來用拆禮物去滿足好奇心，送與收都開心，多麼一舉兩得啊！

哎喲，究竟邊個咁醒，攪到我都有啲好奇想知㖭！

原石內藏的翡翠，誘發不少人的好奇心。

喜迎新翠

「新」，會為人帶來冀盼，讓人有決心向「舊」的一切按下delete鍵，再昂首前行。

因為「新」如此有象徵性，自然衍生不少討彩習俗來「迎新」。

好似「新店」有開張剪綵、「新戲」上映有首映禮、「新同事」有welcome party 、「新船」有下水禮，「新股」上市有敲鐘儀式，「新年」就更加重要，慶賀活動多不勝數。

而一件新的翡翠，在佩戴之前也有些民間俗例，是用來祈求平安吉祥的。

定義翡翠「新」或「舊」，不用仔細到依據她們被開採出來的日子。一件翡翠剛到你手上，不管是你從翡翠店購入、或是親友轉贈，亦將她算作是「新」的了。

有人相信翡翠是屬於能收放能量的礦物之一，在上億年的形成時間中，她會於過程中不斷absorb各類能量。

新到手的翡翠，因包含了這股豐富複雜的nature power，所以在配戴之前，會先用又叫做「純水」的「蒸餾水」來淨化會較佳。

過程亦不繁複，只要用新買來的蒸溜水，略略浸泡或沖洗翡翠就可以了。

收到轉贈的翡翠，這方法也合用。因為有人佩戴過的翡翠，必然會吸收了原主人的能量。不管你跟翡翠的原主如何相親，但既然已易主，也要洗清之前吸收過的能量，讓翡翠重生，才發揮到她為新主人保平安的功效。

另外，有些人是以「陽光」來淨化的。理由是針對翡翠長年深埋於地下，不見日光。在中國的陰陽學說文化裏，會視其為缺乏陽氣。

為了平衡陰陽的和諧，在正式佩戴之前，會先讓翡翠吸收一下陽光，時間同樣不用太長，一兩小時絕對good enough了。

翠點靈石

我見過有些深信箇中道理的愛玉之人，會雙管齊下，或先浸水後吸日光，或先曬陽光後用水抹，然後才正式佩戴一件新翡翠。

你問我：翡翠這樣「迎新」，有沒有科學根據？To be honest，確實沒有論文支持啊！但取意頭、求心安的事，又怎能硬扯到科學之上呢！

好似一年的開始，你總會做一兩件cheer up自己的事，來祈願整年平安好運吧！

我不會說你不科學，因為科學證明「心理作用」，可以影響人類的思考和行動，只要你相信自己「被祝福」了，做起事來自然會信心大增，得心應手啊！

加上俗語有話：「好嘅開始，就係成功嘅一半」，新年開步順利，之後嘅途程，自然可充分發揮出你嘅實力啦，right？

佩戴一件新翡翠前，不妨依循俗例，求個心安好運。

光明指引

聖經上寫道：「神説：『要有光。』就有了光。」（創世記1：3）

小時候讀聖經，總被這句話深深吸引着，腦袋幻想，如果我説要汽水便有汽水，要雪糕就有雪糕，日子多快活！可惜我沒有這能力，反而媽媽説要藤條，卻一定有藤條……

回説「神」，祂創造了「光」，不單止區分了黑暗，也讓翡翠原形畢露。

鑑辨鑽石，有專門用的放大鏡（Loupe）。不管你真懂還是作戲，單是拿着這個loupe看鑽石，已顯得很專業了。但用放大鏡來看玉，就等於自招是個不懂「鑑玉」的門外漢了。

鑑玉最重要是「光」。由未經切割、貌如普通石頭的原石；到細分成片、待定雕刻題材的原料；再到雕琢完成的各類玉器，都要借助光線去辨析。

來到翡翠原料的批發地，會見到不少人拿着電筒，圍着一塊塊翡翠原石照呀照，他們要窺視推測的，是裏頭的顏色如何分佈，從中估計她的價值。

走進雕刻工坊，則會看到玉匠把已經切成厚薄不一的玉片，貼在大燈下反覆檢查，再用鉛筆畫上不同標記。

玉匠這樣做，是因為在強光之下，玉料上的裂紋和瑕疵會纖毫畢現。他們以筆為記，勾勒出沒有裂痕和雜質的部份作雕刻之用，務求成品臻至完美。

雕琢完成的玉器投入市場後，就輪到「消費者」需要偉大的「光」了。

雖然雕刻之前，玉匠已盡力確保玉料的完美，然而迷人的東西，又怎會輕易讓人看透？玉，也不例外。

有些小暗裂、細雜質，或會在雕琢過程中才顯露，對於天然生成的翡翠，這種不幸事情偶有發生。所以呀，作為消費者，掏腰包前也要出動手機上的小電筒，親自照查一下心儀的玉器，有沒有「不為人知」的瑕疵。

放大鏡能看清玉石的表面，但只有透過「光」，才可發現她的「實相」。神説要有光，不説要有放大鏡，自然有祂的安排。

翡翠要用「光」去鑑辨清楚，但世間的人與事，又不一定要看得鉅細無遺。另一個神 —「E神」陳奕迅就這樣唱：「不要着燈，能否先跟我摸黑吻　吻　」（《大開眼戒》，曲：大飛 / 詞：黃偉文）

世間上哪件事不帶丁點遺憾？哪個人不帶些少缺點？用上spotlight去聚焦深究，當然事事可嗟、人人可怨。只不過若能把燈關掉，你會發覺在幽暗昏濛中看許多的人和事，其實也可以很美的。

幾時需要開燈，分明清楚；幾時可以關燈，含糊隨意。這一開一關的拿捏嘛……咪就係做人嘅「智慧」囉！

一支小電筒，是鑑析翡翠的重要工具。

洗滌心塵

我在家雖然出名「呢啡」，但年尾「洗邋遢」這重要活動，一定積極參與。

吸塵拖地抹窗洗爐頭這類「艱鉅任務」，當然是有能者居之。即使分派給我，我亦必定「讓賢」，因為做事要量力而為吖嘛，對不對？

但大掃除怎能蹺埋雙手，坐享其成呢？幫滿屋翡翠「洗白白」這種小任務，就交給我好了。

順道趁這機會，跟大家直擊一下，我怎樣清潔翡翠吧！好，here we go！我們先來清洗有鑲嵌的翡翠。

溫馨提示各位，經過鑲嵌的翡翠，不時會飾以各種寶石，而有些寶石是不宜接觸洗潔精這類化學品的。除非你充份了解這些寶石的清潔宜忌，否則一律建議大家單用清水來清潔。

首先，略略浸洗整件首飾，讓日積月累的污垢軟化。之後出動軟毛牙刷，以極溫柔的手勢，擦拭積在表面和窿罅的污物。

要知道首飾是「堅決向暴力説不」的，遇到頑固污垢，亦只能來回多洗刷幾次，絕對不能加大力度去除污。

清洗乾淨之後，拿出毛巾輕輕抹擦，再用風筒以冷風吹乾便完成。

為甚麼要用風筒吹乾呢？原因是殘留的水份，會形成「水垢」，從而令飾物顯得灰濛暗啞。沖涼前要除下所有珠寶首飾，同樣是為了避免出現這種情況啊！這些額外小知識，大家不妨記下。

至於清潔沒有鑲嵌的翡翠，過程稍微不同。

Step one，要叫「阿掃」——軟毛掃大範圍掃去灰塵， 跟着才用水洗抹。若然翡翠是大件的，我會直接放在浴缸以花灑沖洗。

記得「軟毛牙刷」永遠是你的好幫手，面對匿藏在罅縫的污垢，派「她」不留情面的去掃蕩，it's step two。

一塵不染之後，便可以用毛巾小心抹乾。這個步驟要千萬留神，粗手粗腳的話，或會弄崩翡翠上精巧的雕刻啊！

徹底抹乾後，便可噴上一層翡翠專用的保養液。其原理有如為汽車打蠟，既能帶出光澤，亦可減少灰塵積聚。

See！簡單幾步，一件翡翠又變回油麗通瑩。 因為清潔一件翡翠需要細心和耐性，連一向「心散」兼「坐唔定」的我，內心都會不其然平靜起來。

有句說話叫「靜而後能思」，每年為翡翠「洗邋遢」，也給了我洗滌心靈的機會，去反省今年過得如何，再沉思下年該如何規劃。

所以呢……被家人指派洗廁所都唔好complain，話唔定你攞住個鮑魚刷，心無罣礙咁擦吓擦吓嗰陣，會忽然感悟得道呢！

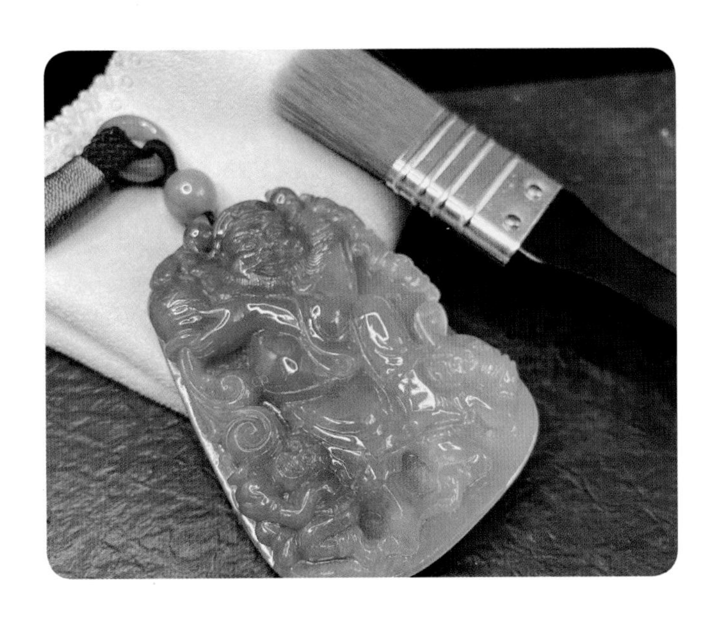

拭擦有雕刻的翡翠，最好是用軟毛刷子，溫柔的慢慢掃抹。

龍到你行運

東西文化大不同，對於「龍」，西方人聞之色變，東方人卻倒屣相迎。

西方的龍一般是壞壞的，不是噴火作亂，就是捉走人家的小公主。相反東方的龍，每次出現一定送「福」派「祿」，有待遇差別又怪不得人啊！

翡翠雕刻與吉瑞緊緊相扣，既然「龍」是福運大使，翡翠當然是處處見龍蹤。雕刻中除了主角祥龍之外，也會配合道具和場景，來帶出牠的吉兆，大家又懂不懂其中的意思？

雙龍戲珠的場面不會陌生吧，但不要以為牠們不過無所事事，打場波來發洩精力。兩條祥龍有閒情逸致追逐玩波，間接告訴你一則喜訊，就是世間「太平無事」、「繁榮昌盛」。

這麼好意頭，自然成為玉匠最愛的雕刻題材了。

跟着請主角飛龍繼續留下，那個道具波波可以收起，改為添上幾朵舒卷祥雲。

這個飛龍遨翔天際、穿插在祥雲的組圖，表達了「天降瑞象」和「國泰民安」的願景。若果business man收到這款雕刻，亦有祝願他們的業務「衝上雲霄」、「飛揚萬里」的意思。

哈！一件雕刻帶着幾款瑞意，你估不到祝福也可多功能吧！

相傳龍在天上能飛，入海能游。我們也轉個佈景，從天空換成大海，飛龍零水花完美入水，變成一條海龍。

翡翠雕着動感十足的波濤和乘風破浪的祥龍，是送上「四海通達」，以及「路路平安」的祝福。

以我所知，這種樣式的翡翠雕件，最受從事運輸或經常外出工幹的人歡迎，因為「路上零意外」，就是這款雕刻的核心願望。

同時間，水又代表「財」，平安兼且得財，誰能拒絕這個美好的願力？

偶爾，祥龍會和朋友組隊出場。牠們的組合，也是充滿叫人歡喜的意頭。

一旦翡翠雕刻出現龍和鳳這對經典CP，不用我介紹，大家都知是「龍鳳呈祥」的意思。

而龍和龜，一動一靜，好像風馬牛不相及，但實情牠們私交甚篤，千年前的文物，已有牠們的「合照」了。

龍象徵尊貴，龜則代表長壽，這個team，理所當然是送你 「富貴康寧」的福氣吧。

喜慶界「強強」組合，一定是龍和虎了。兩強帶來「龍騰虎躍」的佳兆，預告了你又再「升呢」啊！

「龍」代表着的好意頭，多到數不清……總之有龍出現，就一定有好事相隨。一於「捉」實呢條好運祥龍，日日行運一條龍！

「龍」是瑞獸之首，有賜福除災的力量，自然是翡翠雕刻的熱門題材。

分不開的戀人

翡翠之中，有甚麼可以象徵「愛情」？

一隻手鈪？一粒旦面？還是一塊露骨兼無深意、雕成心形的玉牌？

若給我一錘定音，定必會說「連環扣」是翡翠眾多類別或雕刻中，最能比喻愛情的。

一件「連環扣」，是由兩個一體雕成、無縫互扣的翡翠圈組成。由雕刻完成那一刻起，兩個圈兒已注定不會分開。

世間情侶，哪一對不像連環扣？哪一對不希望像連環扣？

這樣的翡翠連環扣，不拿來象徵「愛情」，還有甚麼可以？

有說「易求無價寶，難得有情人」，而連環扣這種寶物，也非尋常易見。

雕琢連環扣，要求玉匠有豐富經驗和上乘手藝，經驗稍淺或技巧略遜，已望之而卻步了。

另外，即使玉匠有資歷和技藝，也不代表會造一隻「連環扣」。因為「連環扣」不單止是耗時費心的題材，也是消耗玉料特多的作品。

玉匠製作一體渾成、完美銜扣的連環扣，要用上「掏雕」這種技巧。

這個「掏雕法」亦即鏤空雕刻的一種，過程中耗料甚多，每每雕琢一件連環扣的原料，已足夠雕刻出幾件作品了。

現在翡翠原料價值不菲，玉匠們必然物盡其用，怎會為了一隻連環扣，平白犧牲眾多玉料呢？

為了「愛」，我們會不惜代價，無懼犧牲，可惜雕刻翡翠卻不能。

如此重重難關下，「連環扣」自然罕有。罕有，便誘人追尋，所以就有仿製的連環扣出現，滿足渴求得到的人。

所謂仿製，就是用同一塊原料，分別雕出兩個玉圈。其中一個切一小開口，把完好的玉圈扣入去。然後用飾金將開口封好，也能做出連環扣的效果。

這種虛有其表的做法，其中要求的技術、所耗的玉料與「真」連環扣相比，有若天淵，價值自不可並論。但某些人在乎擁有，並不介意真或仿，這種連環扣，也就有其市場了。

然而，在靜夜無人，撫心自問時，這個連環扣是完整一體的互扣相環，還是以飾金湊合裝模作樣，你始終心中有數。

正如你手臂挽着的人，是否像真正的連環扣般，跟你天成一雙，任人如何拉扯拖拽，也相環互扣，長伴不離。你，又怎會不知道？

究竟一個真的翡翠連環扣；和一份真摯的愛情，哪樣更加難得？我可答不準。只能說倘然得到，千萬別輕易放手，不管是翡翠還是感情……

但願世上每雙把臂同行的戀人，都能如連環扣般，一體同心，相連環抱，緊扣不分。

翡翠連環扣這種相環不分的特點，最能象徵堅貞不渝的愛情。

百搭百中

悠長的新年假期，一班親朋戚友聚眾耍樂，是指定節目。

聚會有六嬸、三太公等人，自不然要開張枱，「研討」一下博大精深的國萃——麻雀。

麻雀我略懂一二，但台灣牌中有一隻叫「百搭」的牌，我倒是首次遇見。

這「百搭」是張「萬能牌」，百分百無限制，比信用咭的黑咭還要厲害啊！放在何處也合用的百搭牌，怎會不叫抽到的人，打從心底笑出來？

就好似喜歡翡翠的朋友，收到翡翠「耳扣」作禮物一樣，即使已有收藏，還是會「笑到合唔埋口」。

圓形脹卜、中間有一個窿的「耳扣」，實情也是翡翠中的「百搭」。

不少人想送人翡翠，但面對成千上萬的款式，真不知哪一種會是對方的心頭好。

遇上這個情況，我強烈建議選「耳扣」就沒錯。

第一，耳扣雕刻清素，避免了雕刻題材喜惡的問題。

舉例，你選了一件手工精巧到天下一絕的猴子雕刻送人，然而對方可以最怕、最忌、最憎猴子的。

甲之熊掌，乙之砒霜，若不清楚對方的特別愛惡，與其揀雕了特定主題的翡翠，簡單的耳扣必然穩妥多了。

其次，耳扣是男女均合戴的翡翠飾物。

女的可以選擇色澤嬌麗，size細一點的。若要效果名貴一些，可鑲嵌少許飾金及鑽石來裝飾，令高雅的翡翠再稍添幾分瑰麗。

如收禮者是男士，建議揀體積大一點點的，再配上一條黑色的織繩便可佩戴了，以簡樸來彰顯翡翠平實無華的內在美。

第三點是「耳扣」乃「保平安」的代表，這個吉意也是百搭。

從初生BB到八十歲老友記，我們同樣祈求他們一 生平安無災。

唐人岑參有詩説過：「馬上相逢無紙筆，憑君傳語報平安。」

在旅途上遇見朋友，亦想託付對方「搭句嘴」，向家人報個平安。

可見「平安」從古至今，都是每個人最想收到的無價之寶。So，任何人收到翡翠耳扣，一定「冇投訴」。因為無人會拒絕「平安」這份福氣啊！

一隻看來平平無奇的耳扣，實際上是可以fit in落所有愛翡翠的人的心坎中，就似麻雀裏面的「百搭」，是名副其實的「萬能Kcy」！

能完美融合在任何情境的「百搭」，自然廣受歡迎。但要做到這個境界，又談何容易呢？

試問面對你不喜歡的人，不願身處的場合，如何能從容自在的無縫接上？

所以，能成為「人中百搭」，心胸一定虛懷若谷，思想一定和順逍遙。

小女子自問修煉尚淺，要去到呢種level咯喎，仲要努力努力。

翡翠耳扣，男女老幼皆合戴，寓意的「平安」又是人所鍾愛的福氣，「百搭」之名當之無愧。

誰能代替你地位

作為貓奴，我對兩位主子——「花花」和「珍珠」的溺愛、呵護、肉緊和付出，叫旁人以為我養的，是血統優秀的純種名貓。

誰會想到牠們只是剛出生就被連禽獸也不如的人，丟棄在垃圾桶的平常花貓？

然而在我的「心心眼」中，牠倆比任何名種貓咪更珍貴。

因為「愛」，從來都是點石成金的神奇魔法。有「愛」加持，平常凡品也「嗖」一聲變成珍寶。

這魔法不止對貓貓有效，同樣能施在翡翠身上。

既然知道「愛」可以令一件翡翠的價值大幅飆升（情感上，非實際上），我亦定下鑲嵌翡翠的「原則」了。

首飾設計我「識啲啲」，在替好友物色到合適的翡翠後，也會應她們要求，幫忙design和鑲嵌。

只不過若帶來那些由「長輩餽贈」、「摯親託付」等的翡翠，希望我可代為鑲作時，在原則下，我多會推辭婉拒。

是不是因為不是由我物色，便決斷說「不」？No！理由是因這類翡翠裏面，大多藏着物主不可計量的「愛」。

Touch wood在鑲嵌過程出現差錯，這份比價值遠大的「愛」，我是萬萬補償不了的。

這種顧慮並非我天資聰穎，自行頓悟的，而是從一位同業前輩的親身經歷，得到啟示。

前輩初出茅廬時，曾受人委託，重鑲一隻客人從母親處承傳的旦玉戒指。豈知一時大意，碰崩了旦玉的邊緣。

旦玉修復後雖無異樣，客人亦不予追究，只是前輩在交貨時，還是感到對方心中有刺。

「真係唔可以怪佢，粒玉可能對佢意義重大……事實係經我手整崩咗，點都難辭其咎嘅……」前輩回憶時仍帶着點點悔疚。

前輩接着說：「一萬蚊嘅嘢我整爛，我賠返一萬，甚至萬二蚊都可以，對方開心就得嘞！但嗰啲有『紀念』呀、『愛』呀呢啲價值嘅翡翠，賠幾多先可以彌補到？」

經此一事，前輩決定不再接受這種委託了。

Learn by other man's mistakes，聽過這則故事，我亦設下自己的原則了。

翡翠是獨一無二的，就如世間的貓貓一樣。

有任何損傷，不是給別人一粒質色更美的翡翠、一隻品種更好的貓、甚或比其價值高百倍的金錢，就可取代對方所愛的那一粒、那一隻。

有些東西，是萬金難償，永永遠遠無法被替代啊！

我點解要定下原則，不替人重鑲這種「感情價值大於金錢價值」的翡翠，大家現在清楚了吧。咁我先行告退，因為……我要去侍候主子嘞！

喵~我嘅花花公主、珍珠公主，奴婢嚟「請安」喇！

兩位主子花花（右）和珍珠（左），在我心中的地位，比任何名種貓更重要。

鑲飾也是緣份

早前提到我自己鑲嵌翡翠的原則，引來不少閨密好友查問。但一窩蜂追問的，都是鑲作上的問題，我的原則就無人感興趣……they really don't care about me！（哭）

好！你們不在乎我，不等於我不在乎你們啊！小女子秉持專業精神，立刻為你們帶來翡翠鑲作的資訊。

一般首飾鑲嵌的方式，粗略有爪鑲、逼鑲、包邊鑲、無邊鑲等等。

而鑲嵌翡翠，多數會使用「爪鑲」。甚麼是爪鑲呢？顧名思義，是以飾金鑄造成爪型，用以把翡翠牢牢爪實。

單憑文字不夠實在，請出Google大神搜尋「爪鑲」，自會一目了然。

爪鑲常用的有「三爪」、「四爪」及「六爪」，普遍情況下，「四爪」的爪鑲已夠穩妥。

因為爪鑲只需用幾隻小爪便能把翡翠鑲牢，所以能最大限度將整件翡翠呈現人前，這個優點是其他鑲法所欠缺的。

但凡事有兩面，她的缺點，是若然造工不完善或戴了一段時間，這些小爪有機會微微掀起，這就會發生勾着衣服、劃花手袋等問題。

為了防範未然，各位可以偶爾用手指輕揩小爪作檢查。手指感到被卡勾時，便要帶到鑲作坊請工匠維修了。

另外，「包邊鑲」也會用在翡翠身上，但比較起「爪鑲」，使用率會較低。

理由是包邊鑲的鑲法，是沿着整件翡翠的邊緣，貼服的造一層飾金，大家可以想像成類似繪畫的「綑邊」。

而這做法無可避免會令翡翠顯得笨重，that's why人氣無法跟爪鑲抗衡。

話雖如此，「包邊鑲」仍有它的長處，就是可以保護翡翠的邊緣，尤其是那種雕刻巧細、起伏強烈的。同時間，笨重也代表夠分量。

一些男性長輩，佩戴翡翠早已超越追求美觀的層次，他們要的，是一份霸氣。

試幻想一件雕刻了一隻威風八面的猛虎翡翠牌，再用閃閃生光的飾金圍了一框。所謂「件頭足、分量大」，畫面何其壯觀震撼！

男長輩佩戴起來，在友儕之中，自會不經意散發出陣陣的「霸氣」，叫人莫敢仰視。

所以「包邊鑲」啊，仍有一眾「男粉」鐵心追隨的。

至於其他鑲嵌方式，翡翠極少用上，有機會才再談吧！

一件翡翠要如何鑲嵌，沒有特定指引，首要目標還是要彰顯她的美。正如穿衣之道五花八門，但第一重點，乃是要着得自己靚。

關於着衫，我又有一套「原則」喎，就係⋯⋯

我知我知，我啲咩嘢「原則」，你哋冇興趣吖嘛。你哋淨係關心「翡翠」，冇人關心我㗎！

嗚嗚嗚⋯⋯

「爪鑲」的簡約，能凸顯翡翠本身的「美」，所以是最受歡迎的鑲嵌方式。

到底發生過甚麼事

「開你底牌嚟見我！」當自以為贏定的對手，囂狂的話音剛落，發哥飾演的「賭神」，在經典配樂下，從容又瀟灑的翻開底牌。

隨着底牌現身，勝負頃刻逆轉，對方頹然跌坐，我們的發哥又笑到最後了。

電影裏，一隻「底牌」，可以扭轉結局；而在現實中，一粒翡翠旦面的「底」，也同樣重要。

廣義來說，雕刻形態呈圓形或橢圓形，表面脹卜兼光滑的翡翠，都可歸入「旦面」系列。

一般人鑑賞翡翠旦面，就似賭神的對手一樣，只着眼表面，忘了「底」亦要兼顧。

旦面的底部，大致有「卜底」、「平底」和「『撻』底」這三種。

「卜底」，就是底部也輕微脹卜的旦面。這種「面卜底卜」的旦面，是最正規的。

要雕琢這款旦面，對翡翠原材料的要求十分嚴謹，只要厚度稍欠、玉質略遜，便已不合資格。

由於合適的材料不易得，成品自然不是尋常可見，所以若有兩粒旦面級數相若，必以「底面皆卜」的為首選。

其次是「面卜底平」的旦面。

這種旦面，着力圓卜飽滿的表面，底部平滑則可。對原料厚度要求相對會降低，選料稍易之下，成品亦比較普遍。

然而，對旦面講究的愛玉人士，會挑剔此種形態並不「正宗」，故此若跟一件質素相同的「卜底」旦面並列，「平底」的只能列作次選而已。

至於「末選」，就是「『撻』底」的翡翠旦面。

「『撻』底」是我們翡翠行內的一種叫法，文字是否這樣寫，説實我也不清楚。

那麼「『撻』底」是甚麼樣的底呢？就是在平坦的旦面底部，再琢挖淺窪。需要這樣做，是因為這粒旦面的原材料含有雜質。

這些雜質雖是藏積在底部，但因翡翠具有透明度，雜質還是有機會影響旦面的美觀度和價值的。這時，玉匠就要以玉料減耗最小的原則，將這些雜質挖走（行內叫「撻」走），如此便會在底部造成淺窪了。

這種處理方法，間接説明翡翠本身存在瑕疵，所以當眼前有三粒same quality的旦面時，「撻底」的那一粒， 只得排在「卜底」、「平底」之後，敬陪末席了。

雖説鑲嵌成首飾後，翡翠旦面的底部大多會被遮掩，旁人不易察覺她是甚麼樣的「底」。

但別人看不見，不等於自己也可以不關心。所以選購旦面時，了解一下底部，也是需要的。

其實在社會競爭，更加要清楚自己個「底」。若然唔自知自量，分分鐘輸到底！

你以為自己係「賭神」，底牌係隻「階磚三」，都可以輕易贏人？

儍豬，做戲咋，咪咁天真啦！

別看翡翠旦面好像粒粒如是，她的「底」隨時影響價值，選購時不妨稍加留意。

色變地變情不變

「件翡翠我戴吓戴吓，啲顏色會唔會變多咗、變靚咗嘅呢？」

這個問題，我粗略統計過，一年會被問一百零二次左右，即平均3.57日就會有人問一次，算是一個熱門問題。

有鑑於翡翠的顏色會不會變多、變靚這件事，令人如此着迷，所以我決定公開回答大家，一解各位疑團！

探究翡翠的顏色會否變化，首先要淺談翡翠的顏色從何以來。因為翡翠顏色基本也有六、七種，我且以常見的綠色作例。

翡翠的綠色，是來自一種叫「鉻」的化學元素。

在翡翠的形成過程中，來自自然環境的「鉻」，有可能會隨着溫度、濕度、壓力及地質變動等因素，慢慢融入翡翠原石之中，翡翠便會出現綠色了。

從科學角度去觀察，翡翠完全形成之後，「鉻」亦穩定下來，即代表顏色的多寡深淺已生成，發生變化的機會很微。

但機會微，並不等於不會發生。

我姪仔小時候，戴着一件名為「瑞鯉銜珠」的翡翠小雕件。雕件冰質帶綠，整尾鯉魚清透無色，獨是鯉魚面前的龍珠有一口碧青。

然而若干年後，本來跟那抹綠色壁壘分明、不相往來的鯉魚，嘴巴明顯添長了一絲鮮明嬌翠的綠。

對於這種現象，存在兩個解釋。

正如上述所說，「鉻」在翡翠裏，會受溫度、濕度等原因而產生作用。

長時間接觸人身體的翡翠，或有可能受體溫和汗水影響，刺激了當中未穩定的「鉻」，從而令翡翠的顏色產生變化。

雖然在科學理論上，機會「極微」，但始終並非「零機會」，所以這論調有立足的基礎。

另一個就是「福氣說」。

翠點靈石

翡翠擁有悠長的歷史背景和豐富的文化涵意，少不了給人添加了一層神奇色彩。

例如翡翠破損或斷裂，會被人視之為主人消擋了災劫。反之像這樣佩戴後增養了顏色，就給人看作是「納福積德」的瑞象。

有些人相信，當上天降賜福氣給翡翠的主人時，翡翠的顏色便有所添長或比往日亮麗。

比起平實的科學分析，古兆之說更動聽引人，有信者也不足為奇了。

不管你接受哪個解釋，翡翠顏色發生變化，是真有其事。只不過，變化程度不會太大和太多。

假如你的翡翠，在「種色」方面出現大範圍的明顯轉變，我會合理地懷疑是否曾經被加工「入色」了。

咩嘢係「入色」？

關於呢個問題，等到差唔多「三日有人問一次」嘅陣，我再另開新篇同大家慢慢傾！

你佩戴的翡翠，那一抹怡人翠綠，或有機會出現讓人驚喜的小變化。

書　　名：翡翠是一個遊樂場
作　　者：Serena Yau
出版總監：梁子文
責任編輯：陳珈悠
出版統籌：何珊楠
編　　輯：黃慧塵
封面設計：Ryan San
插　　圖：Ryan San
攝　　影：WDF Media Group Ltd.
版面設計：麥美斯
出　　版：星島出版有限公司
地　　址：香港新界將軍澳工業邨駿昌街7號星島新聞集團大廈
承　　印：嘉昱有限公司
發　　行：泛華發行代理有限公司
出版日期：2024年7月
售　　價：HK $128
國際書號：978-962-348-551-7